かみつら 2
Ka Mi
——島の禁忌を犯して恋をする、俺と彼女達の話——
北条新九郎
illust トーチケイスケ

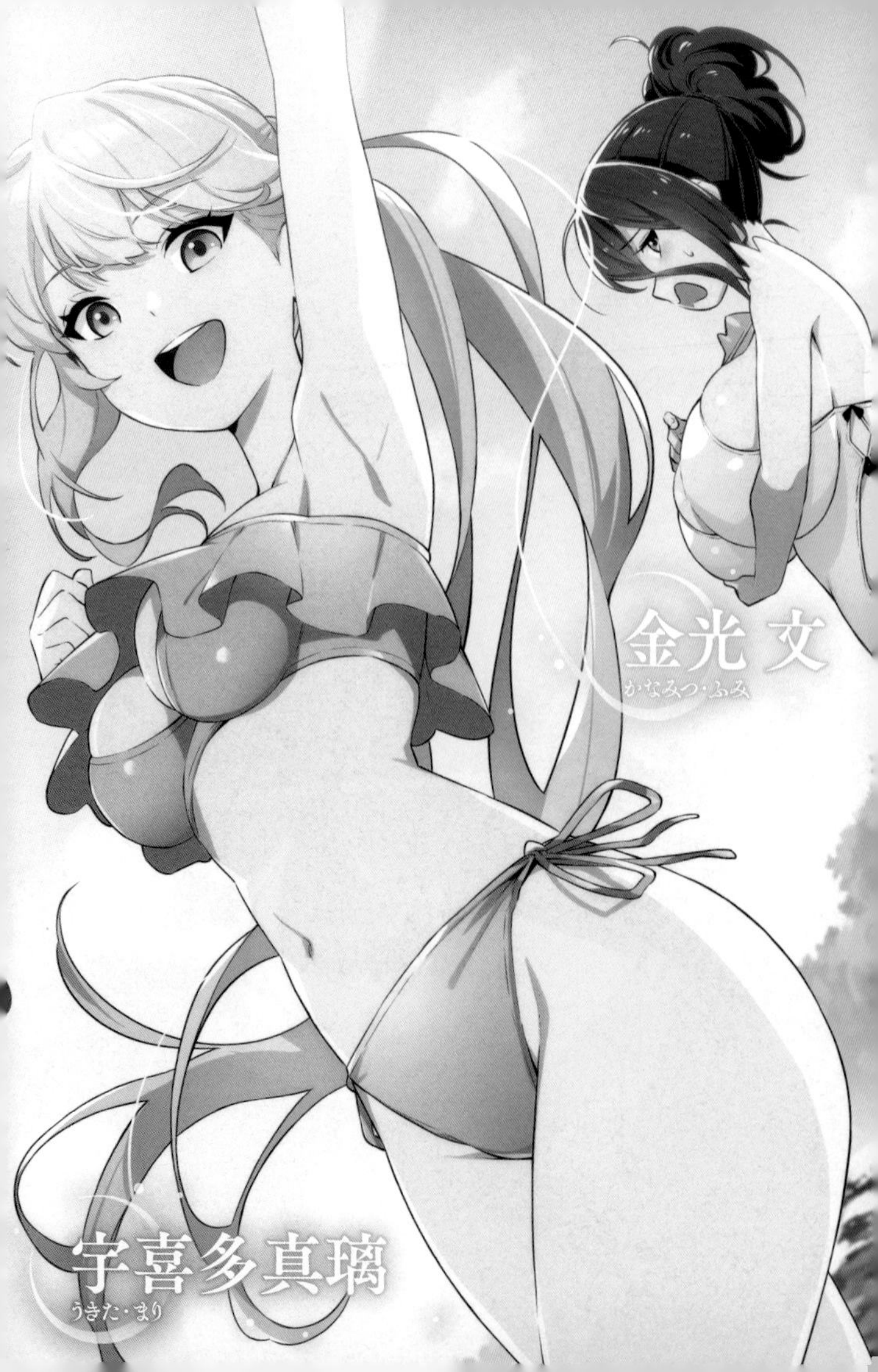

金光 文
かなみつ・ふみ

宇喜多真璃
うきた・まり

「じゃーん、どう?」
坂崎 直《さかざき・なお》
本多大夢《ほんだ・ひろむ》

「それじゃ、ゆっくりしようか？」

「寝てやり過ごすなんてずるい……」

レジーナ

真っ白い肌に、
真っ白いツインテールの長髪に、
真っ白いワンピース。
その均整の取れた美しさに、
彼は初め作り物の人形と
見紛ってしまった。

もくじ

かみつら 2

Ka Mi Tsu Ra

――島の禁忌を犯して恋をする、俺と彼女達の話――

北条新九郎
illust
トーチケイスケ

イラスト／トーチケイスケ

プロローグ

「……ん」

放課後の神面《かみつら》高校。昼光が差し込む静かな教室には、二人の居残りがいた。

「んっ」

桃と紫、二人の神面少女である。

「……んふ」

赤ん坊の頃からの付き合いの親友同士。ただ、その雰囲気は異様でもあった。

「んく」

先ほどから苦しそうな声を漏らしているのは紫の少女、浮田奈々子《うきたななこ》。彼女はガラス窓に顔を向けて突っ立っており、そのすぐ後ろから桃の少女、本多大夢《ほんだひろむ》にピッタリとくっつかれていた。密着するように身体《からだ》を合わせている。

「んっ！」

つい険しい表情を晒《さら》してしまう奈々子。苦しいのか？……いや、

「あっ！」

不快なのだ。触れられるのが。

彼女は大夢に尻を撫《な》で回されていたのである。臀部《でんぶ》の膨らみをスカートの上から触られ、撫でられ、そして鷲摑《わしづか》みにされている。その度に、乙女は声を上げてしまっていた。

「や、止《や》めて下さい」

奈々子が堪《たま》らず抗議するも、

「へへへ、可愛《かわい》いね～」

と、大夢からは下品な言葉が返ってくるだけ。その魔の手は止まることを知らない。上から下から指でなぞっては、掌《てのひら》でその張り具合を味わう。細い指一本一本がその柔い肉に食い込み、若さ溢《あふ》れる弾力を味わっていた。

「柔らかくて、張りがあって……。前々から触ってみたかったんだよ」

「声を……上げますよ」

奈々子の震え声。これが淑女に出来うる必死の抵抗。だが、それも大夢の嗜虐《しぎやく》心《しん》を煽《あお》り立てるだけ。

「はぁ、はぁ……。奈々子ちゃんのお尻、サイコー♡」

この不快感が快感になることなど決してない！　そう信じながら、奈々子は歯を食い縛った。

だが、興奮した魔の手は遂《つい》にスカートの中にまで……。

「ちょ、大夢!?」

もう限界！　奈々子がそう思って振り向いた時…………目が合った。

志郎《しろう》と。

二人っきりのはずなのに、いつの間にか教室の入り口にいたのは前田《まえだ》志郎。彼はそこでその情事を観覧していたのだ。その予期せぬ登場に「え!?」と目を丸くする奈々子と大夢。

そして、志郎は何事もなかったかのように無言で去って……

「待って、待って、待って、待って、待って、待ってぇ！」

行くことは敵《かな》わず。慌てて追ってきた奈々子に捕まり、教室の椅子に無理やり座らされた。仁王立ちの二人に見下ろされる様は、まるでFBIに捕らえられたテロリスト。

「アンタ、何でいるのよ？　もう帰ったんじゃないの？」

「ぼ、僕……忘れ物を取りに……」

桃神面捜査官の刺々《とげとげ》しい尋問に、容疑者は正直に答えた。

「このこと、誰にも言わないでね？」

「……はい」

紫神面捜査官の殺気立った要求に、容疑者は恐々と頷《うなず》いた。

しかし、理由も知らずに黙っておくのは難しい。少女二人はお互いに神面を見合わせると、大夢が譲歩する。

「質問があるなら受け付けるけど？」

「質問と言うか、突っ込みどころ満載なんだけど……。それじゃまず一つ目、奈々ちゃんは何で神面を付けてるの？」

奈々子は先週、担任教師奥山殿介《おくやまでんすけ》と『神面外し』の儀式をしたばかりである。彼女にはもうその神面は必要ないはずなのだ。実際に儀式の後、三日は素顔で過ごしていた。だが、四日目からまた付け始めたのである。説明もなしに。実に奇怪だ。

「あ、やっぱり気になる？」

「なる」

「なるよね……」

奈々子も力なく同意した。されど、これには深い理由があるのだ。奈々子がその原因である親友大夢を睨《にら》むと、彼女の方がそれを渋々明かす。

「いやね、奈々子が神面を外して以来、一緒に外を歩いていると島のオジオバによく声を掛けられるようになったのよ。まず最初に言われるのが、『奈々子ちゃん、神面外せて良かったわねー』。で、その次に言われるのが、『大夢ちゃんも早く外せるといいわねー』……。分かる？　そう言われる度に傷ついている私の心が!?」

「ああ……。何となく分かる」

「でしょ!?　でしょ!?　同い年の幼馴染《おさななじみ》だから、否応《いやおう》なしに比べられちゃうわけよ！　プレッシャーなのよ！　もし、一生外せなかったら地獄なわけよ！　だから奈々子に、せめて卒業するまでは付けといてってお願いしたわけよ」

「なるほどぉ～」

その苦しみは他の人にも納得出来よう。他人と比べられるのは実に辛《つら》い。その対象が仲の良い親友なら、尚更《なおさら》だ。そして、親友だからこそ奈々子も大夢の求めの応じたのだろう。

但し……、

「神面って神面外しを終えても付けてていいんだ。俺はてっきり殿介先生と破局したんだとばかり……」

「あー！　ほらー！　やっぱ、そう思われちゃうじゃん！　だから嫌だったんだよー！」

奈々子にもこのような大きなデメリットがあった。

「いいじゃん、ちょっとの間だけよ！」

憤慨する彼女を宥《なだ》める大夢。結局、どちらかが傷つかなければならないということか。

しかし、志郎にはそう至った原因自体に疑問がある。

「そもそも、何で今の時期に神面外しをしたの？　卒業後じゃ駄目だったの？」

「ああ、うん。私、卒業したら内地の大学に進学したいんだ」

「なるほどぉ～」

納得、納得、誰もが納得。それなら高校在学中に外すのは当然である。そして、最後の質問は一番の突っ込みどころ。

「じゃあ、何で大夢は奈々ちゃんのケツを揉《も》んでたの？」

「あれは痴漢シミュレーション」

「痴漢!?」

とんでもないことを笑顔で言ったのは大夢。

「奈々子が内地で暮らすってことは、電車にも乗るってことになる。そして、電車と言えば痴漢。私たち島民は電車には不慣れだから、今のうちに痴漢されたときの対策を学んでおく必要があるわけよ。奈々子って私並みに美人だしさ」

得意気に答えているところを見るに、彼女の発案なのだろう。確かに、痴漢は深刻だ。このド田舎の孤島で暮らしてきた少女たちは痴漢になど遭ったことはないだろうし、そんな無垢《むく》な状態で欲望渦巻く都会に足を踏み入れれば途端に餌食になろう。今のうちに準備しておくのが吉である。……ただ、その当人は納得していない神面を晒している。当然か。

「おかしいよね？」

「え？」

「こんなの、絶対おかしいよね!?」

「まぁ……おかしいね」

紫神面に詰められ、志郎も常識を鑑みて頷く。さすれば、今度は桃色神面に詰められる。

「何でよ!?　奈々子が痴漢で酷《ひど》い目に遭ってもいいっていうの!?」

「だってさ、痴漢は男がするものなんだから、女の大夢がやっても予行にはならないだろう？」

「ムムム……」

「そのお前の痴漢も、結局はただの悪戯心《いたずらごころ》からだろうし。いいか？　性欲のない痴漢は痴漢じゃない！」

「何だか名言っぽいこと言って……」

「だよね？　大夢も馬鹿なことはもうお仕舞い！」

図星を突かれた大夢は苦々しげに閉口。助けられた奈々子は嬉《うれ》しげに開口。そして最後に、志郎は満面の笑みでこう締めた。

「と、いうわけで、今度は俺が痴漢役をやってあげるよ。お尻を揉むのは自信があるんだ」

……。

……。

……。

「う……」

彼に突き刺さる二つの冷たい視線が、一瞬、時を止めた。

無表情の神面から覗《のぞ》かせる瞳は人ならざるもの。それに見つめられた志郎は気持ち悪いほどの悪寒を覚え、身震いまで起こしてしまった。

「あ、あれ？　世界中を回って身に付けたワールドジョークだったんだけど、この島には少し早過ぎたかな？」

笑って誤魔化すも、神面は笑わず。居た堪れなくなった助平は厄災が降り掛かる前に退散を選ぶ。

「それじゃお姐《ねえ》さま方、おっ先にー」

こうして、自分の机からノートを取った彼は、逃げるように教室を後にするのだった。

二つの神面もそれを見送るとやっと和らぐ。……ただ、奈々子は一つ気になった。

「でも、志郎くん、ちょっと変わったよね。他人行儀じゃなくなったって言うか……」

「うん、素が出てきたって感じ。ここでの生活に慣れてきたんだろうけど、何かあったのかねー？」

つい一週間前まで二人を『さん』付けで呼んでいたのに、今ではあんな軽口を叩《たた》けるまで馴染《なじ》んでいるのだ。驚きの変わりようだったが、島民にとっては歓迎の変わりようである。尤《もっと》も、それが神面外しを済ませたからとは、流石《さすが》に彼女らも思いもしなかったが。

ただ、大夢もああいう性格は嫌いではない。あのふざけっぷりも性に合っていると思えた。

「志郎……か」

つい彼の名前を呟《つぶや》いてしまう独り身の乙女。

そして志郎のこの変化が、島の少女たちに新たな波乱を呼ぶのであった。

第一話　前田志郎の本性

午後の坂崎《さかざき》家。二階の直《なお》の部屋では、別の二人の少女が冷茶を傍らに神面を外して寛《くつろ》いでいた。

うつ伏せになりながら熱心に漫画を読む真璃《まり》に、ベッドに凭《もた》れ掛かりながらタブレットを弄《いじ》っている直。二人とも学校から帰ってきたばかりの制服姿のままで、忘れ物を取りに行っている志郎《しろう》を待っているのだ。

因《ちな》みに真璃が今読んでいるのは、直の蔵書であるラブコメモノの少年漫画。累計一億部を誇る大ヒット作品である。面白い！　名作！……なのに、真璃の顔はどこか険しい。

「ねぇ、直」

「うん？」

「私たち、志郎と付き合ってるんだよね？」

「そうね、又衛門《またえもん》さんからあの爆弾を投下されても、そう決めたのよね」

「ヤバくない？」

「今更？」

今になってこの三角関係に困惑しているのかと、直は呆《あき》れてしまった。だが、どうやらそのことではないよう。

「違う違う。私たちが志郎と出会って、まだ一ヶ月半。たった一ヶ月半で好き合ってるんだよ？　展開早くない!?」

「まぁ……早いかもね」

「コミックスならたった三巻。ラノベに至っては最初の一巻で付き合ってるようなものよ？　そんなラブコメある!?　今読んでいるこの漫画だって、主人公とヒロインがくっつくのは最終三十四巻なのに！　ってか、付き合っちゃったら、次は何をすればいいの!?」

ラブコメ漫画って、どれもこれも付き合ったところでエンドなんだけど!」

「あー、確かに少年漫画のラブコメモノって付き合うまでがメインで、その後は駆け足だよね。学校卒業から一気に時間が飛んで結婚式とか」

「これじゃ全然参考にならないっての！　今の私たちに必要なのは、付き合った後のことなのに！　何で描かないの!?」

「うーん、思い当たる理由は三つ。一つ、作者が童貞で付き合った後どうすればいいか分からないから。二つ、読者が童貞で付き合った後のことに感情移入が出来ないから。三つ、少年漫画だからエッチ描写を描けないから」

「ええ!?」

「多分、童貞な読者たちはヒロインに対して神聖さを望んでいるのかもね。侵さざるべからずって感じで処女であって欲しいのよ。自分が童貞だから」

「はぁ……。何が『累計一億部の最強ラブコメ』よ。本当、役に立たない」

そのように書かれた漫画の帯を見ながら、真璃はそう吐き捨てた。どうやら、この娘は今後の恋人同士の身の振り方を学ぼうとしているようだ。その真面目さには感心するが、それを漫画に求めてしまうところは抜けていると言うか、可愛《かわい》らしいと言うか……。片や、直はタブレットでネット動画を見ながら持ち前の余裕ぶりを見せつけている。

「真璃は深刻に考え過ぎだって。普通に付き合えばいいじゃん」

「普通って？」

「そりゃ、デートとかでしょう」

「デートって……。この島のどこでデートしろっていうのよ。渋谷も、原宿も、ネズミーランドもないのに。まさか、駄菓子のうきた屋？」

「まぁ、大抵はどちらかの家だろうね。この島に限らず、どこの田舎もそんなものよ」

「どこの田舎もって言ったたって、内地の田舎にはジャスコがあるじゃん。ジャスコいいなー。ジャスコ欲しい！」

文句、文句、文句ばかり。神面外しを済ませても相変わらずの不機嫌女王ぶりに、直も呆れてしまった。人の性格はそう簡単には変わらないか。

「家デート、嫌なの？」

ただ、彼女がそう問い返すと、

「いや、それとこれとは別！」

一転、真璃は上機嫌に。

「志郎と二人っきりで思いっきりイチャイチャしたい♡　一緒に恋愛小説を読んで、一緒に恋愛映画を観る。夕食は私の手料理をご馳走《ちそう》して『美味《おい》しい』って褒められて、寝るときは一つのベッドに入って腕枕をしてもらうの。そして、耳元で『真璃、愛してるよ』って呟いてもらって、おやすみのキス……。はぁ、もうサイコー♡」

そうウットリする彼女は純真乙女。こうやって、すぐに夢に耽《ふけ》るところもまた真璃らしいか。

「浮かれてますな〜」

同じ男を好きになった直も苦笑してそれを許した。ただ、一つ気になることが。

「けど、一緒に寝るのにエッチはしないの？」

「え？」

「エッチ」

愛し合う者同士が行う最大の営みである。当然、今後の選択肢には入ろう。……純真乙女以外は。

「いや……いや、いや、いや！　私たち、まだ高校生だよ!?　早過ぎるよ！」

「今時のカップルはどこもヤってるし、付き合った以上は避けられないイベントだって。真璃としてはいつヤるつもりなの？」

「せ、せめて一年後ぐらい……」

「一年⁉　遅！」

「遅くないよ！……それに怖いじゃん。痛そうだし……」

「大丈夫よ、皆やってるんだし」

「私、直みたいなエッチのプロじゃないから……」

「失礼な！　私だって初心者中の初心者よ！」

セックス初心者にセックスを語るセックス初心者……。ただ、このセックスには大きな問題がある。真璃もそれが恐ろしかった。

「でもさ、もし妊娠したらヤバイじゃん」

「まぁ、大事だよね。大事過ぎて、少年漫画では絶対避けられるネタだし」

「因みに、妊娠したら堕《お》ろすって選択肢はないよね？」

「少なくともこの島じゃ、ないね。母体が危険ならともかく、島民が増えるなら積極的に推奨されると思う。実際に昔、妊娠した女子高生がいたらしいよ。でも、在学のまま出産して普通に卒業したんだって。流石に休みがちではあったらしいけど」

「へー、誰なんだろう？」

「奈々子《ななこ》のお祖母《ばあ》さん」

「あ、そうなの⁉　奈々姉も在学中に神面外しの儀式をしたし、血は争えないねー」

「島民は大歓迎。皆、お祝いしてくれたらしいよ。この島においては、出産適齢期である十代後半の出産は正しいことなのよ。それに対して内地はどうよ？　世間からは冷たい視線を送られ、学校からは追い出される。中退だから当然大学にも行けない。人生の出世コースから外れるのよ。妊娠という生物として最も正しいことをしただけなのに。そりゃ、多くの人が中絶を選ぶよね。それでいて、お国は国民が子供を産まないって嘆いている……。馬鹿馬鹿しいでしょう？」

「確かにあべこべだね。直は子供何人欲しい？」

「私は一人かなー。ってか、一人で十分。何人もの子育てって大変だろうし、出産で苦しむのも一回でいいわ」

「えー、エッチに寛容なくせに、たった一人？　私は最低三人は産みたいなー。賑《にぎ》やかで楽しいと思う」

「エッチに寛容と出産は別問題よ。つまり何が言いたいかって言うと、内地も島もそれぞれ良いところ悪いところがあるってこと。デートは内地の方が優れてるかもしれないけど、エッチについては島の方が寛大でウェルカムなわけ」

「それは分かったけど、だからって……ねー」

それでも真璃は竦《すく》んでしまう。尤《もっと》も、彼女のこの反応は普通である。そして、直もまた別にセックスを勧めているわけではなかった。

「いや、真璃はそれで良いと思う」

「ただ驚いただけで、純潔を護《まも》るのに反対ってわけじゃないから。寧《むし》ろ大賛成」

「あ、そう……」

「うん、だから後は私に任せて。その一年の間は、私がたっぷり志郎のことを愛してあげるから♡」

「んなぁぁ⁉」

「志郎も拒む女より受け入れてくれる女の方が好きだろうしね」

「ずるい、ずるい、ずるい！　自分だけ！」

「何がずるいよ。自分が怖気《おじけ》づいてるんでしょうが！」

「志郎と最初にエッチするのは本家である私よ！」

「いや、年上の私よ！」

醜い……。実に醜い争いである。決して外では……いや、愛する志郎にだって聞かせられない内容だ。やがて当人たちもそれに気付くと、同時に冷茶を飲んで一先《ひとま》ず落ち着きを取り戻した。次いで、頭の冷えた直が冷静に説く。

「そりゃ、私もしたことがないから怖くないわけじゃないけどさ。でも真面目な話、年頃の男子なんてエロいことしか考えてないよ？　一年も待ってくれるかね？」

「い、いや、大丈夫。志郎は紳士だから破廉恥なことは絶対しない。あんなにロマンチッ

クに神面を外してくれたんだから！」

「告白がロマンチックな人ほど、酷《ひど》い初体験をするって聞くし」

「そんなの聞いたことないよ！」

ただ、神面外しを終えた二人にとって、次の試練がセックスなのは間違いなかった。そして、そのことが二人のライバル心に再び火をつける。どちらが志郎と神面外しをするかは引き分けに終わった。ならば、今度はどちらが先に彼と寝るかだ。

女の戦い、第二ラウンドである。

このように二人の処女がセックスについて熱く語っていると、遂《つい》にその渦中の男がやってきた。

「お待たーせ」

寸前まであられもない話をしていたなんて想像だにしていない志郎が、無垢《むく》な笑顔で登場。片や、女たちもまた見事に切り替えており、真璃が何事もなかったかのように文句を口にする。

「遅ーい、ノート取りに行くのにどんだけ掛かってるの？」

「いやー、実に良いもの見せてもらってな。目の保養をしてたんだ。けど、本当にテスト勉強なんてやるのか？　一応ノートは取ってきたけど気が乗らないぞ。成績なんて悪くても構わないし」

「やるよ。進学するつもりがなくても成績悪いとお祖母様に叱られるし。それに良いと悪いとじゃ、良い方が良いに決まってるし」

彼女から全うなことを言われる志郎《しろう》。それでも次のように抵抗を示すが、

「でも、集まって勉強する意味があるのか？　真璃《まり》に至っては学年が違うからテスト内容も違うだろうに」

「皆で集まってやればサボれないでしょう？　志郎、一人じゃ絶対やらないだろうし」

「……全くもってその通りだな」

直《なお》からもそう釘《くぎ》を刺されれば、もう観念するしかなかった。

ということで、今回三人が坂崎《さかざき》家に集まったのは、来《きた》る定期テスト対策のためだった。

但し、勤勉に励む模範的行為は褒められるし、恋人たちがそうなのは大変嬉《うれ》しいことだが、志郎自身は大の勉強嫌いである。腰を下ろす様からも嫌々感が溢《あふ》れ出ていた。

「諦めて神妙にしたら？」

冷茶を口にしながら降参を勧める真璃。すると志郎、その真璃を見ながら言う。

「なぁ、真璃」

「うん？」

うつ伏せになっている真璃を見ながら言う。

「お願いがあるんだけどさ」

「うん」

うつ伏せになっている真璃の尻を見ながら言う。

「お前の尻、揉《も》んでいい？」

「ブ――――――！」

堪《たま》らず冷茶を噴き出す真璃に、それをぶっ掛けられる志郎。そして、呆《あき》れる直。ロマンティックな夢をぶち壊された純真乙女は、続いて憤怒もぶっ掛けた。

「何で、何で、何で!? 何でそんな馬鹿なこと言うのよ！ サイテー！」

「いや、さっき大夢《ひろむ》が奈々ちゃんの尻を揉んでてさー。俺も揉みたくなっちゃったんだよ」

「もっとマシな言い訳考えられないの!?」

「俺も最初は信じられなかったよ。きっと、神面島百不思議の一つ『放課後のレズカップル』だったんだよ」

「百歩譲って触るにしてもさ、自分から馬鹿正直に訊《き》く？ 普通は二人っきりの良いムードの中、自然の成り行きに任せたりするもんじゃないの？」

「いやー、最近そういうの厳しいって聞いてさ。初めは双方同意の上だと思っていたのに、後から女側が『本当は嫌だった』って言い出してレイプ扱いされる事件があるとかないとか……。こういうのは言質《げんち》を取った方がお互いのためになると思って」

確かに、志郎は紳士だった。紳士的にエロを求めてきた。こうして、乙女が望む理想的な恋愛は水泡に帰し、真璃は素顔を明かしたことを後悔するかのように顔を床に伏せるのであった。

そんな討ち死にしたライバルを他所《よそ》に、直は志郎に身を寄せる。

「けど、志郎って変わったよねー」

彼女がそれを実感したのは、学校の屋上で真璃と直に同時告白した時だ。あんなことを堂々と言い放ったのだから、彼の本来の肝はとてつもなく太い。

「まぁな。今まではその土地その土地に合わせて生きる『借りてきた猫モード』だったからな。けれど、お前たちが俺の仮面を取って、この島を終生の地に選ばせたんだ。お前も素顔の方が好きだろう？」

「うん」

そう甘えるように頷《うなず》く直は、まるで子猫のようだった。それを見せられた志郎は堪らず彼女を抱き寄せ、宝物のように優しく撫《な》でる。すると、直もまた笑みを浮かべた顔を彼の肩に埋《うず》めた。真璃の死体の横で、二人はイチャイチャ、イチャイチャ。……していると、志郎は前々から抱えていた疑問を思い出す。

「んで、直ちゃんにつかぬことをお聞きしますが、この家っていつもお前一人だよな？両親は？」

「あ、知らなかった？　二人とも内地にいるよ」

「マジで!?」

「坂崎家は古くから『神面海運』っていう海運会社を経営しているの。航路は二つあって、まず一つが小笠原《おがさわら》諸島父島と神面島を繋《つな》ぐ航路。船は五百トンの中型貨客船『神面丸』」

「俺がこの島に来るのに乗ったヤツだな」

「人の往来は基本それよ。それともう一つが、内地東京から神面島へ直接生活物資を運ぶ航路。私のお父さんはその貨物船『みかん丸』の船長なの」

「それで留守なことが多いのか」

「お母さんも内地の神面海運の事務所で働いていて、二人とも一週間に一回、みかん丸で帰ってくるわけ」

「腑《ふ》に落ちた。島主宇喜多《うきた》家の分家として、島にとって重要なライフラインを担っているってわけか」

「そういうこと」

　この島で何不自由なく生活出来るのは彼女の両親のお陰というわけだ。感謝しかない。

……だが、そのために直は孤独という代償を背負っていた。

「けど、寂しいだろう？」

「まぁ、寂しくないと言ったら嘘《うそ》になるかな。でも、もう馴《な》れたよ」

そう答えた直は、また笑ってみせた。寂しさを誤魔化すかのように。だが、彼女の神面を外した男にはそんなもの通じはしない。志郎はその顎を優しく支えると、彼女の瞳を己に向けさせた。次いで、こう囁《ささや》く。

「これからは、俺がずっと一緒にいてやる」

「志郎……」

微《かす》かにあった直の心の曇りが、彼の言葉で晴れていく。そして、その想《おも》いを直接を受け入れるために、直は淡い桃色の唇を志郎の唇に重ね……

「おい、こらぁぁぁぁぁぁぁぁぁぁぁぁぁぁぁぁぁぁぁ！」

合わせた。真璃の怒声をＢＧＭに、二人の男女は愛を確かめ合う。

「何で直にはロマンチックに接して、私には尻揉ませろなのよ！　しかも、こっちのツッコミを無視してキスしちゃってるし！」

そんな憤激の真璃を見せられれば、流石《さすが》に志郎も無下《むげ》には出来ず唇を離した。愛する女たちを分け隔てなく扱うのが二股男の義務である。

「たまたまそういう流れになったんだって。お前の尻のことも、あまりにも魅力的過ぎてつい口に出しちゃったんだ。それも流れだよ」

「ふーん」

「それじゃ、今度は真璃の番。真璃のお父さんも全然見ないけど、何をしてるの？」

「都議会議員」

「政治家か!?」

「お父様は内地生まれの人で、元々は大叔父様の秘書だったの。その関係でこの島を訪れて、出会ったお母様に一目惚《ひとめぼ》れしたんだって。それで結婚したんだけど、その後もお父様は内地で仕事をしているからほとんど一緒に住んでいなくて……。所謂《いわゆる》、通い婚状態?」

「そっかー、お前も父親と全然会えなくて寂しいだろう?」

「ううん、遠い親戚のおじさんって感じだから、全然」

「それはまた別の意味で寂しいな」

そうケロッとされては、志郎がキスをしてあげる必要もなさそうだった。

「次は志郎の番。志郎のお母さんは?」

「死んだ」

……。

……。

……。

「……ごめん」

沈黙の後、質問した真璃が謝罪した。

……ところが。

「いや、実は生きててテロリストの親玉をやってる」

「はぁ!?」

「嘘、風船に乗って世界一周をしている」

「はぁ?」

「これは極秘なんだけど、NASAのロケットでアンドロメダへ行ったんだ」

「……」

「いや、サイボーグ忍者として世界中で暗躍してる」

「……」

「本当は未来人なんだ」

「……」

「けど、異世界人のエルフ」

「……」

「実を言うと、母親なんて最初から存在しない。俺は父さんのクローンなんだ」

「え……」

「と、思わせて、隕石《いんせき》に乗って送り込まれた宇宙人の赤ん坊」

「……」

「実験で生み出された超人類」

「……」

「勇者の生まれ変わり」

「……」

「神様」

「もういい！」

その怒濤《どとう》の告白に先に音を上げてしまったのは真璃だった。ただ、志郎の方も茶化しているわけではない。

「……という感じで、俺が母親のことを訊く度に、父さんは違うことを言うんだ。俺自身、母親の記憶はない。物心がついたときには既にいなかった」

「又衛門《またえもん》さんならあり得るね」

直も苦笑して納得してしまった。この間、志郎との関係を三人で説明しに行った時、とんでもない爆弾を投下されたことを思い出してしまう。彼はそういうのを楽しむ人種だ。そして、その一番の理解者がこの息子である。

「まぁ、それが父さんだからな。毎度毎度振り回されて、酷《ひど》い目に遭ってきたよ」

「確かに、私たちも酷い目に遭ったよねー。何よ？　既に許婚《いいなずけ》が二人いるって」

刺々《とげとげ》しい視線を想い人に浴びせる真璃。幸せ気分で又衛門に報告しに行ったのに、逆にあんな事実を告げられたのだから仕方がないか。

「いや、俺も本当忘れてたんだよ。宇宙人に記憶を封じられてたんだって」

「……一応、信じるけどさ。お陰で、又衛門さんにお祖母様《ばあさま》への口利きをしてもらう案は中止になっちゃったし……」

「お祖母様と話して、他にとんでもない事実を打ち明けられたら敵《かな》わないからねー。危険過ぎるわ……」

直《なお》もドッキリはもう勘弁だった。

そして、一番の懸念である三人の関係の公表についてだが、島主である彼女たちの祖母宇喜多於稀《おき》を納得させる方法が見つかるまで周囲には秘密にすることになった。

「悪い、父さんは御せない」

志郎《しろう》も破天荒な父に頼ることの危険さを改めて思い知った。そんな落胆している彼に真《ま》璃《り》が問う。

「お父さんのこと、嫌い？」

「う〜ん、何度も死に掛けたりしたけど、同じくらい命を救われたこともあったからなー。振り回される一方、頼《たよ》り甲斐《がい》もある。もし自分で父親を選べるとしたら、結局また父さんを選んじまうだろうな」

「やっぱりお父さんのこと好きなんだね」

「かもな」

志郎が笑ってそう同意すると、彼女も安堵《あんど》の笑みを浮かべてしまった。何だかんだ言っても、前田《まえだ》家は円満なようだ。

「因《ちな》みに、救われたって例えばどんな？」

「そうだなー……。ちょっと嘘も交ぜるけどいいか？」

「まぁ……」

「これは『日本河童《がっぱ》、アマゾンポロロッカに挑む』の取材のために、アマゾンへ向かった時の話だ」

◇　◇　◇　◇　◇

二年前——。

作家、前田又衛門は息子志郎と共に、南米A国のジャングルの中を歩いていた。太陽の光も届かないほど草木が生い茂り、四方八方あらゆるところから生き物の鳴き声が聞こえてくる。文明の『ぶ』の字も見当たらない大自然の真《ま》っ只中《ただなか》。二人は現地の案内人五名に連れられ、何とかこの未知の世界を進んでいた。

「今回も酷い場所だなぁ……」

嘆きながらも父の後を必死に付いていく志郎。この時、十四歳。新天地に行く度に悲嘆している彼だが、流石に旅を始めて八年にもなると文句も口だけになっていた。早速、それを父の背にぶつける。

「何でこんなところを通ってるの？」

「目的地に向かうにはこの道しかないんだ。他の方法だと現地政府の監視に引っかかる。捕まったら刑務所行きだ」

「何でそんなところに行くの？」

「勿論《もちろん》、傑作を書くためだ。良い作品を書くためには苦労も厭《いと》わない」

「だからってさ……」

志郎は恐々と案内人たちを見た。いや、正確には案内人たちが持っている物を見た。それは銃……。彼ら全員、マシンガンを手にしていたのだ。害獣対策ではなく人間対策のために。

「麻薬カルテルに案内してもらうか？　普通……」

志郎たちを囲う彼らは、超大国アメリカが最も憎み、最も壊滅を目論《もくろ》む犯罪組織だった。

「仕方がないだろう。カルテルの縄張りを通らんと行けんのだから」

一方、そう平然と答える又衛門はこの状況でも何ら憂いはないよう。まぁ、自らこの状況に飛び込んだのだから当然か。

「でも父さん、本当に会えるかなー、半魚人に」

「信じる者のみ、望みは叶《かな》う」

　やがて開けた場所に辿《たど》り着くと、突然案内人たちが皆立ち止まった。だから、その中央にいた前田親子もまた立ち止まらざるを得ず。そして、その内の一人がスペイン語で言う。

「さーて、この辺で良いだろう」

　マシンガンを親子に向けながら。

「お前ら、DEA（アメリカ麻薬取締局）か？　CIA（中央情報局）か？　まさか日本の組織じゃないよな？」

「初めに言っただろう。儂《わし》らはただの日本人で、半魚人を探しにここに来たと。手間賃も払ったはずだ。それに子連れの捜査官なんているか？」

　こんな状況でも又衛門は平然を貫いていた。片や、この時まだスペイン語を話せなかった志郎は、悪い予感が的中したと怯《ひる》むことしか出来ず。

「本気で言ってるのか？　半魚人なんかいるわけねーだろ。それにアジア人は幼く見えるもんだからな。……おい、コイツの身体検査をしろ」

　又衛門の後ろにいた男が彼に寄っていく。ただ、無警戒にそれをしてしまったのは、自分たちが圧倒的有利だと錯覚していたからだろう。

　だから……その鼻が潰れた！　男は又衛門の真後ろに立った途端、顔面に裏拳を打ち込まれたのだ。

そして、それが戦闘開始の合図となった。

後ろの男が怯んだ隙に又衛門は逆に後ろに回り込み、その男を羽交い締めにする。マシンガンのグリップを手ごと握りながら。

その間、僅か一秒。次いで、更に三秒で又衛門はそのマシンガンで他の四人を撃った。互いに撃っては撃ち返し。次々と倒れるカルテルメンバーに、又衛門の楯《たて》として蜂の巣にされる羽交い締め男。

武装しているとはいえ、カルテルは訓練を受けた戦闘のプロではない。彼らが又衛門は素手だと油断していたからこそ出来た奇襲である。事が始まって五秒経《た》った頃には、その場に立っているのは又衛門一人だけだった。

……又衛門一人だけ。志郎の姿が見当たらない!?　それでも彼が未《いま》だ平静だったのは、最愛の息子を信じていたからだ。

「立て、行くぞ」

又衛門は、咄嗟《とっさ》に伏せて無事だった志郎を見つけるとそう命じた。志郎が即座に地に伏せられたのは、これまでの経験と父親の性格を知ってのこと。だが、それでもとんでもないことをしてくれたと、息子は父を批判する。

「父さん、何てことを！」

「何が？」

「全員殺すことはないだろう！　俺たちこれで迷子だ！」

「問題ない。ちゃんと調べてある。それにコイツらは元々知らなかっただろうし、カルテルの縄張りに入ること自体が目的だったからな。ここまで来ればもう十分だ。さぁ、もうすぐB国に入るぞ」

又衛門はそう答えると、瀕死《ひんし》だった一人にトドメの弾を撃ち込みマシンガンを捨てた。

「銃、持っていかなくていいの？」

「この先は、あんな物は役に立たない世界だ」

この親子にとって、この程度は小事。そして、この先で待ち受けているのは大事だ。

前田志郎はこの果てしなく続く密林の地でも、命を懸けた死闘を繰り広げることになるのだった。

◇　◇　◇　◇　◇

「って、感じで父さんに助けられたなー。……ってか、うーん、まぁ……。やっぱ、そうなったのは父さんが原因だな」

このように苦労話を語った志郎だったが、最後は苦笑して締め括《くく》った。黙って聞いていた真璃と直は、その内容につい顔を見合わせてしまう。

「た、大変だったんだねー」

　直は何とか取り留めのない返事をした。

「まぁな。それでもアマゾンは良い方だったかもな。サハラなんて暑い上に水がなくて死に掛けたし、アラスカでは猛吹雪で凍え死にしそうだったし……。それに比べれば、水にも食い物にも不自由しなかったあそこは天国だったかも。……あ、食い物」

　すると、志郎は思い出す。

「すまん、帰る。今日の夕食当番は俺だ」

　前田家では父子で食事当番を回す習わしだった。ならばと、直がすかさず申し出る。

「それなら私が作りに行こうか？　今日もウチは私一人だし、又衛門さんと三人でどう？」

「お、いいね。持つべきものは恋人だ」

　志郎、料理上手の恋人を大歓迎。……すれば、当然嫉妬深いもう一人の恋人が見逃さない。

「ちょ、ちょ、ちょっと待って。私も！」

「真璃、お前は家族がいるだろう」

「大丈夫、大丈夫！」

　本人がそう言うのなら志郎も断る理由はない。

　こうして、三人は前田家へ行くことにした。

そして着いた。

その途端、

「おう、志郎。明日から留守にするから、しばらく一人で頼むぞ」

前田家の居間で旅支度をしている又衛門《またえもん》から、志郎はまたもや家を空ける宣告をされた。

「また!? この間、仕事で内地に行ったばかりじゃん!」

「今度は仕事じゃない。しかも国外だ」

「ええ!? 神面島での取材は? もう終わったの!?」

「だから仕事じゃないって。ちょっとした私用だ。二週間ぐらいで帰るから良い子にしているんだぞ」

「俺はいつも良い子だけど、どんな用件で?」

「それは秘密だ。ただ、お前はとてもビックリするぞ」

そう言うと、又衛門はほくそ笑んだ。いつものドッキリである。これ以上問い詰めても答えないだろうから、志郎もやれやれと閉口せざるを得なかった。

それはともかく、又衛門も息子の彼女たちの来訪は歓迎だ。

「直ちゃんも真璃ちゃんもいらっしゃい」

「「お邪魔しまーす」」

仮面の少女たちは、まるで双子のように同じ仕草で並んで腰を下ろした。流石《さすが》に未来の義父の前ではライバル心を抑え、お淑《しと》やかさを保っているよう。傍《はた》から見れば良い嫁候補である。又衛門も感謝していた。

「しかし、志郎《しろう》が二人と出会ってくれて本当に良かったよ。お陰でコイツも昔のように明るくなった」

「昔ですか？」

「ああ、昔は儂に似て破天荒で活発な子だったんだが、ここ最近は借りてきた猫のように大人しかったんだ。儂も心配していたんだよ」

確かに、『仮面』を付けていたこの前までは行儀のいい好青年だった。そして、その仮面を外したのが彼女たちである。

「引越しが多かったから、人付き合いが上手《うま》くなっていったんですね」

直《なお》が想《おも》い人《びと》をそうフォローした。だが、父親は納得出来ず。

「そうなんだが、それでも昔はもう少し素を出していたんだがなー。この一年ぐらいなんだよ。人が変わったように行儀良くなって……」

そして、彼は思い出した。

「……あ、あれだ！　宇宙船に攫《さら》われたのを境にだ。宇宙から戻ってきた志郎は、気味が悪いくらい大人しくなってたんだよ。まるで別人みたいに……」

「「っ！」」

「ってか志郎、お前、本当に儂の息子の志郎か？　宇宙人が送り込んできた志郎の見た目をした何かじゃないのか？」

「「えぇっ!?」」

驚愕《きょうがく》の乙女たち。目を丸くした神面で揃《そろ》って志郎を見れば……彼は冷静。実に冷静に、こう釈明する。

「ボクハ、マエダシローダヨ」

機械のような片言ぶりに、二つの神面はあんぐりと口を開けてしまった。尤《もっと》も、父親にとってはこの息子が本物か偽物かはどうでも良いことのよう。

「まぁ、何はともあれ昔に戻って良かったよ。良い子ちゃんキャラはつまらないからな。ハハハ！」

こんな話題を笑って締めてしまうところは、流石天才作家か。これは又衛門のワールドジョークだと勝手に納得した真璃《まり》は、その笑いに便乗する。

「ハ、ハハハ……。流石、又衛門さん、相変わらずですね。それじゃ、アマゾンで麻薬カルテルを撃ち殺したってのも、志郎の冗談？」

シ――――――――――――――――――ン。

真顔で黙る又衛門。

ヤバイと顔が固まる志郎。

何かを察し、気まずそうに視線を逸《そ》らす直。

失言に気付き、神面を笑顔のまま強張《こわば》らせる真璃。

そして、

……。

……。

……。

……沈黙の末、

「……フハハハハハハ！　ああ、志郎のつまらん冗談だ。全く、しょうがない子だ」

又衛門がまた笑った。大笑いだ。

「で、ですよね？　ハハハ」

お陰で真璃も安堵《あんど》して笑えたが、

「直ちゃん、真璃ちゃん、悪いけど今日は帰ってくれるか？　ちょっと志郎と話がある」

「……はい」

そう命じられると真顔の神面になってしまった。

追い出されるように前田《まえだ》家から出る真璃と直。そして、「ぎゃあああああああ！　ごめんよ、パパぁ――――――――！」という志郎の悲鳴を背に受けると、彼女たちは逃げるように去っていくのであった。

島の静かな夜。この日、飲食店『スナック夢』の扉には『女性限定日』と書かれた札が掛けられていた。不定期で掛けられるそれは、島の未婚女性たちが神面を外して気兼ねなく酒を飲むためのもの。彼女らのストレスを発散する場である。

そして、その中では早速一人の淑女が己の境遇を憂えていた。

「あー、もう、忙しいったらありゃしない」

そう嘆いているのは神面高校教師、花房佐奈《はなぶささな》（二十五歳）。カウンター席で焼酎を呷《あお》っていた。

「南国の島だからのんびり過ごせると思ったのに、人がいなさ過ぎて大忙し。私一人でいくつもの教科を掛けもちするなんて思いもよらなかったわ。しかも、もうじき悪夢の定期テストの時期……。準備が辛過《つらす》ぎる」

「だったらテストやめてくれればいいのに」

そう突っ込んだのは神面高校三年、本多大夢《ほんだひろむ》（十七歳）。いつもはカウンター内で接客をしている彼女だが、今日は一人の客として佐奈の左隣に座っていた。

「出来ることならそうしたいわよ。あー、この島に来たこと後悔し始めてるぅー。……ママー、キャベツの酒盗炒《しゅとういた》めちょーだい」

「はいはい」

そう佐奈の注文に答えたのはスナック夢の店主、本多弥八《やや》（三十七歳）。店内で唯一神面を付けたままの彼女は、手際良く調理を始めた。

「はぁー、スナック夢があって本当良かったー。ママの料理は美味《おい》しいし、店内はお洒落《しゃれ》で綺麗《きれい》だし。この店がなかったら絶対潰れてたわー」

この店は黒を基調とした薄暗い店内をムードのある照明で照らし、大理石のテーブルとレザーチェアで客をもてなしている。建物の築年数はそれなりに経《た》っているが、古さを感じさせず清潔感があり、都心の店にも引けを取らないほどの高級感もあった。それがここが孤島であることを忘れさせ、佐奈の荒《すさ》んだ心を癒してくれるのだ。

「本当、この店凄《すご》く良い感じですよね。他と違って静かだからゆっくり飲めて……。私も大好きです」

そう佐奈に賛同したのは神面中学校教師、小西雪那《こにしゆきな》（二十四歳）。佐奈の右隣に座っていた彼女もこの店は好みのよう。というより、他はオッサン向けの賑《にぎ》やかな飲み屋ばかりなので、若い女性は入り辛いのもあった。弥八もそれに気付いていたからこそ、今の内装に変えたのである。目論見《もくろみ》が当たって、彼女も満足そうな神面の笑みを見せている。

「大夢が産まれたのに合わせて建て替えたから築十七年も経ってるけど、かなりお金掛けたからねー。これも全部大夢のお陰よ」

「え？　何で大夢のお陰なの？」

「あー、ストップ、ストップ。その話題はなし！」

佐奈の率直な問いを慌てて止める大夢。彼女にとって都合が悪いのか、更に別の話題を振る。

「ってかさ、佐奈ちゃんは何でこの島に来たの？」

「そりゃ、さっきも言った通りのんびり出来ると思ったからよ。要は仕事をサボれそうってこと。それにこういう僻地《へきち》に赴任すると、次の赴任先は自分の希望が通り易《やす》くなるのよ」

「へー。じゃあ、雪那ちゃんは？」

「私は勿論《もちろん》、皆の勉強の手助けをするため。確かにこの島は不便なところもあるけれど、こんな自然に恵まれた環境で学べるなんて、とても素晴らしいことだと思うわ」

精白な笑顔で答える雪那は、お世辞ではなく本気でそう思っているようだった。それは彼女の育った環境のせいでもあるだろう。佐奈もこう褒めてしまう。

「流石、雪那先生。大切に育てられたお嬢様は心がお清い……」

小西雪那は日本有数の大財閥、小西財閥の令嬢なのである。実際、彼女の髪は常に美しく整えられており、衣服も教師らしく地味ながらも上等な物を身に付けている。ただ、それ以上に立ち居振舞いに品があり、気立ても良かった。本物の淑女なのである。

「佐奈先生、私は本心から言ってるんですよ」

そう怒る姿も上品だ。

「皮肉じゃないよ。感心してるんだって。この島の生活を受け入れられる余裕と言うか、人間性と言うか……。片や、名門女子大出の財閥のご令嬢。片や、一般私大出の公務員の娘。育ちのせいなのかねー」

「そんなことないですよ。私も佐奈先生を先輩として尊敬してますって」

「それを本心で言えるところが、本当、凄いのよ。所詮、私はキャベツで焼酎を呷る女……。トマトとチーズのピンチョスでワインを嗜《たしな》む雪那先生とは住む世界が違うのよ……」

注文した酒でも品の差を思い知らされた小市民は、出されたキャベツの酒盗炒めをチビチビと啄《つい》ばむのだった。

ただ、彼女が本当に不満だったのは仕事の忙しさではない。

「けど、何より……何より不満なのは……男よ！」

それは本能を満たせないこと。佐奈、大夢に訴える。

「恋よ！　恋愛よ！　この島には出会いがない！　あー、私も男が欲しい！　神面よ！　全て、この神面がいけないのよ！　私の素顔を見ればどんな男もイチコロなのに！」

「イチコロ……」

「しかも、私が苦しんでいる横で奥山《おくやま》先生はちゃっかり若い女をゲットしてるじゃない！」

叫びと共に立ち上がる独り身女。不満は怒気となり、怒気は嫉妬となる。不条理な怒りが同僚へと向けられていた。

「しかも、しかも、相手は自分の教え子よ!?　許せない……。犯罪よ！　ここが内地だったら、市中引き回しの上打ち首獄門だわ！」

妬みほど愚かで醜いものはないが、それでも大夢も共感するところはある。

「まぁ、身近な人間に相手が出来ると焦るよねー」

「しかも、しかも、しかも、今さっきだって私がアパートを出た時、丁度奥山先生と奈々《なな》子《こ》が彼の家に入っていくところを見たのよ！」

「え!?　止めなかったの!?」

「止めようとしたわよ。けど、奥山先生は気まずそうに笑いながら『受験勉強を教えるために』とか言って、そそくさと奈々子を連れ込んじゃったのよ！」

「殿介《でんすけ》先生、奈々子を連れ込むためにわざわざ教員用アパートに住んでたんだ……」

　この島で働く教職員のほとんどは内地出身のため、専用のアパートがあった。ただ、奥山殿介はこの島出身でありながら、実家ではなくそのアパートに入っていたのである。大夢も前々からそのことを不思議に思っていたのだが、これでその理由も判明した。

「ああああああ！　何が受験勉強よ！　今頃、保健体育に打ち込んでいるに違いない！」

　同僚の一人には品性で敗れ、もう一人には恋愛で敗れる。今の佐奈は自尊心崩壊の真《ま》っ只中《ただなか》だった。だが、弥八がそんな彼女を慰めてくれる。客の悩みを取り払うのがスナックのママの役目だ。

「落ち着いて、佐奈先生。奈々子ちゃんは真面目な子だから大丈夫。ちゃんと勉強してるわよ」

「ママ……」

「何せ、まだ九時だもの。あの子なら十時まで我慢出来るわ」

「うあああああああああああああああああああああ！」

　それはまるで討ち死にしたかのような悲鳴だった。絶叫と共にテーブルに伏した佐奈は、その穢《けが》れなき身体《からだ》を晒《さら》し、ピクリとも動かなくなった。

　まぁ、それは放っておいて、大夢も母に気になっていたことを問う。

「けど、やっぱり真面目な奈々子でも殿介先生とは既に寝てるのかねー？」

「寝てるね、間違いなく。この島の女は皆性欲が強いから」

「何で？」

「明治時代に内地と繋《つな》がるまで、凡《およ》そ二百年も外界と隔絶されていたからね。どんどん子供を産まないと絶滅しちゃうという危機が常にあったのよ。それが、今では島の女の本能に組み込まれちゃってるわけ。お陰で、神面島百不思議の一つ『色女《いろめ》』なんて失礼な名称まで付いちゃってるけど」

「けどさー、皆が皆、運命の男性を見つけて神面外しを迎えられるってわけじゃないでしょう？　そういうときはどうするの？」

「夜這《よば》いする」

「夜這い!?」

「神面島百不思議の一つで、名前はそのまま『夜這い』。普通、夜這いと言えば男が女の所へ行くものだけど、この島では女が気に入った男の下へ通うものなの。男側は決して拒んではならない。そして神面を付けたまま交わって、種を貰《もら》う。その後、女は子供を産んだら一人で育てるの。まぁ、実際は女の両親にも手伝ってもらったりするんだけどね」

「それって、つまりママのこと？」

「私自身に結婚願望はなかったけど、子供は一人ぐらい欲しいと思っていたし。それに、島を存続させるためにも健康な女には子供を産む義務があるのよ。で、私も適当に種だけ貰って貴女《あなた》を産んだわけ」

　それが弥八が子持ちながらも神面を付け続けている理由だ。そう、彼女はシングルマザーなのである。大夢もそれ自体は気にしていないし、母親の愛情はたっぷり受けてきた。ただ、母親がシングルだと自分も一生神面を付けたままなのではと心配になってしまうところがあったのだ。

「ただ、私は神面外しをしたいなー。幼馴染《おさななじみ》の奈々子がしてるんだから、特に……。雪那ちゃんはどう思う？　雪那ちゃんや佐奈ちゃんみたいに仕事でここに来ている人は、島を去るときに神面を外せるから、そこまで気にはしていない感じ？」

「そんなことはないって。私も神面外しに憧れてるよ」

「でも、雪那ちゃんみたいな超お嬢様って、ご両親がお見合いとか用意してくれるんでしょう？　自分で男を探す必要ないんじゃない？」

「私だって結婚相手は自分で見つけたいよ。特に、神面を外してくれるような心が通じ合った男性をね。だから、出来ればこの島にいる間に見つけたいなーって思っている」

「ふぇ〜、すっごい純真な考え……。これだけ真摯だと本当に見つかりそう。片や、小市民教師の方は内地に帰りたいって嘆いてばかり……。やっぱ育ちって大事なんだねー」

　笑みを見せる雪那と伏して動かない佐奈《さな》を見比べながら、大夢は環境の大切さを学ぶのだった。

　そして、真面目な教師は引き際も弁《わきま》えている。雪那は残っていた酒を飲み干すと席を立った。

「それじゃ、私そろそろ帰るね。定期テストの準備をしなきゃ」

「はーい、中学生たちの将来のために思いっきり難しいの作ってあげてねー」

「佐奈先生、どうしようか？　先生もテスト作りはまだだろうし」

「ああ、そのまま寝かしといてあげなよ。帰ったところで仕事なんて出来ないだろうから」

テスト受験者としては、その作成者には仕事熱心になって欲しくないところ。こうして大夢は、しめしめとほくそ笑みながら雪那を見送るのであった。

次いで、それと入れ替わるように新しい客がやってきた。

「こ、こんばんはー」

そう小さな声で挨拶しながら入店してきたのは、若い神面女性。名前は金光文《かなみつふみ》（十八歳）。神面に掛かるほどの長い前髪と、服の形を無視するほど大きく膨らんだ胸がトレードマークの少女だ。気が弱い性格のため顔見知りしかいないのに少しオドオドしている。

「文～、待ってたよ～」

大夢《ひろむ》の手招きに応えて、彼女はその左隣に座った。神面を外せば、その素顔は整っていながらもやはりどこか気弱そうである。

「どうしたの？　大夢。急に呼び出すなんて」

「いやね、同じモテないガールズの一員として、慰め合おうと思って」

「私は別にモテたいとは思ってないから。それに未成年のお酒はお祭りのときだけってルールでしょう？」

「そんなルール、誰も守ってないって。神面島百不思議の一つ『島飲兵衛《のんべえ》』。神面島民の肝臓は内地人の百倍強いんだから大丈夫」

「それ、初めて聞いたんだけど。……あれ？　佐奈先生、どうしたの？」

「モテないガールズ筆頭の現実に打ちのめされたみたい。ほら、注文しなよー」

「それじゃ……ママさん、梅酒の水割りを」

そして、文は注文した酒を一口体内に入れると、「ふぅ～」と溜《た》め息《いき》を吐《つ》き愚痴る準備を整えた。受け身な性格の彼女のために、大夢から話題を振る。

「どうよ？　最近は。文が卒業しちゃってからは、あまり顔を合わせなくなっちゃったよね」

「二ヶ月前までは高校生だったのが、今では家事手伝いだからねー。何もやることがなくて悶々《もんもん》と過ごしてるよ」

「それがこの島の悪いところだよねー。文の学力なら神面さえなければ普通に大学とか行けただろうに」

「とは言っても、奈々子みたいにやりたいことがあるわけじゃないから、高いお金払って内地に行ってもね……。それに内地怖いし……」

「怖いよー、内地は。交通事故だけでも毎日十人近く命を落としてるっていうし。文のようなのんびりしてる子が行ったら、真っ先に轢《ひ》かれると思うよ」

「私もそう思う。真璃《まり》や直《なお》は島の外に憧れをもっているようだけど、やっぱり私はこの島で一生を過ごしたいなー」

「あの二人は若いからねー。溢《あふ》れ出るエネルギーを向ける矛先が欲しいのよ」

「大夢だってまだ高校生のくせに年寄り臭いこと言って……。大夢こそ、卒業後の目標は決めてあるの？」

「いや……別にー。ってか、内地なら女優とかパティシエとか宇宙飛行士とかあるかもしれないけど、この島じゃ明確な目標なんて作れないでしょう」

「うーん……」

「そんなことはないわよ」

そう口を挟んだのは、グラスを洗っている弥八《やや》。

「この島にいてもやれる仕事はたくさんあるでしょう？　例えば、アフィブログのネタのために掲示板に書き込む仕事とか」

「う……うん」

娘は躊躇《ためら》いつつも頷《うなず》いてしまった。

「それに大夢は私のスナックを継ぐのが決まってるんだし」

「あ、やっぱり？　まぁ、自分でも向いてるとは思ってるけどね」

そして、相応《ふさわ》しい仕事があるのは大夢だけではない。弥八は文にもそれを示す。

「文ちゃんも小説を書いてるんでしょう？　それも島にいながら出来る仕事じゃない」

「え!?　何故《なぜ》、そのことを!?」

「お母さんから聞いたのよ」

「うぅ……。秘密がちょっとでも漏れるとすぐ広まるんだから……」

真っ赤になった顔を伏せる文。どうやら知られたくない事柄だったようだ。こんな狭い島では、皆、些細《ささい》な話題でも渇望してしまうのである。大夢もその一人だ。

「文、小説書いてたの!?」

「い、いや、趣味の素人小説だよ。ちょっとＷＥＢに掲載してるだけで……」

「どんなの？」

「それは秘密」

「タイトルは？」

「それも秘密」

「もう、文は昔から臆病なんだから」

その通りだと、文自身思っていた。そして、それを克服しなければならないとも思っていた。今抱えている悩みを解くには必須のことである。

彼女は伏せていた顔を上げると、意を決してそれを明かす。

「……実は、その小説に関して悩みがあって」

「なんぞな？」

「実はスランプと言うか……。話の続きが書けなくなってて……」

「あらま」

「理由は分かってる。多分……男性が苦手なせいかと」

「何でそれが関係してるの？」

「ほら、男子の趣味とかさ……そういうのが分からなくて、男性キャラクターに息吹を吹き込めないの」

「文の小説って女向け？　なら、別にいいんじゃないの？　女に都合の良い男を描けばさー。男向け作品に出てくる女も、すぐに主人公に惚《ほ》れる都合の良いヤツばかりじゃん」

「いや、まぁ、そうなんだけど……。ともかく、男性苦手を克服したいの。大夢、手を貸して」

何やら誤魔化している感もあったが、文が男性を克服したいと自ら言い出したのは、長い付き合いの大夢も驚くことであった。相当な覚悟なのだろう。ならば、それを手伝ってあげるのが幼馴染の義務だ。

「いいよ、私たちの仲だからね。それで、別に男性恐怖症とかではないんでしょう。男と話すと緊張するんだよね？」

「うん……」

「原因は分かるよー。その胸だからねー。男どもから常にエロい視線を送られていたら、そうもなるよ。Ｉカップだっけ？」

「……Ｊ」

「ジィエイ!?　流石《さすが》、島一番の巨乳だね。神面島百不思議の一つだよ」

「そんなことで百不思議に加えないでよー」

「まぁ、男性苦手を克服したいなら男性に馴《な》れていくしかないよね。それも同年代の子に」

「同年代？」

「そりゃ、自分の恋愛対象に成り得る相手に馴れれば、あとはもう他の年代相手でも大丈夫でしょう？」

「成る程……。でも、思い当たる同年代の男性と言えば中村兵次《なかむらへいじ》くんだけど……今になって急に接するようになるのも……ねー」

「兵次は三年前にこの島に来た人間だから、文、メチャクチャ距離を取ってたよねー」

「いや、内地人とどう接したらいいか分からなかったから……。で、そのまま卒業……

と」

「他に男子と言えば秀樹《ひでき》に春麻《はるま》だけど、二人とも十五歳だからねー。十代で三歳差は同年代とは言い難いか」

するると、弥八がきゅうりの浅漬けを出しながらこう提案する。

「丁度良い子がいるじゃない」

「え？」

「志郎《しろう》くんよ」

「志郎くんって、この間引越してきたばかりの？　無理無理！　まだ面識すらないのに！」

文は慌てて拒否。されど、弥八は強引に推奨。

「だからいいんじゃない。志郎くんなら今になって急に接するってことにもならないし。全く見知らぬ相手と一から関係を作れるようになれれば、もう誰が相手でも大丈夫よ」

「う、うーん……」

「いくら島一番の巨乳の持ち主だからって、このままじゃ神面付けっ放しよ？　モテたいと思ってはいないと言っても、神面付けっ放しでいいの？」

「いや！……いつかは外したい」

「なら行動しなきゃ。今時の婚活市場は、ただ待ってるだけじゃ良い男は摑《つか》めないわよ。二十代前半までは良い男も見つかるだろうけど、後半からは徐々に減っていき、三十代になればガクッといなくなる。なのに、女というものは二十代前半のモテ期を忘れられず高スペックの男を求め続けてしまう。そして、そのまま絶望の四十代へと突入……。最高の男を手に入れたければ、女として最高の状態である十代後半の今行動に移すべきよ」

その重い言葉に、文、そして大夢も息を呑《の》んでしまう。

「いい？　貴女《あなた》たちの本来の姿は三十路《みそじ》の独身女。だけど、同情した神面島の神さまたちが奇跡を起こしてくれて、十年後の未来からタイムスリップしてきたの。婚活をやり直す機会を与えられたのよ。今なら白馬の王子様を見つけられる！」

『白馬の王子様』という言葉が、文の乙女心を鷲摑《わしづか》みにする。

「良い女は男を選《よ》り取《ど》り見取《みど》りだけど、一方で良い男も早い者勝ちよ。後悔する人生を送りたくなければ、今すぐ行動に移すべきよ！」

更に、奈々子《ななこ》に後れを取った大夢の背中も押した。母の言葉は愚痴る気を奪い、悩むことも忘れさせる。今、娘の中にあるのは決意のみ。

「良い男……。この島で同年代の良い男といえば……」

思い当たるのは、やはりあの男。

「アイドル、前田《まえだ》志郎！」

幼馴染《おさななじみ》が先に婚活を卒業したのだ。もう必死になるしかない。

こうして、本多《ほんだ》大夢は己の人生を懸けた一世一代の大勝負に挑むのであった。

第二話

神面島の海は鮮血に染まる

高校生にとって避けては通れぬ関門、定期テスト。その難事に対し、彼らには二つの選択肢がある。必死に勉強して備えるか、若しくは諦めるかだ。前田志郎もまた苦渋の決断を下していた。

「おいっす」

「おいっす」

志郎が訪問の挨拶をすると、兵次もまた全く同じ挨拶をする。

この日、彼は兵次の家に遊びに来ていた。田舎らしく勝手に彼の部屋まで赴くと、兵次も作業を続けながら歓迎してくれる。

「どうした？　お前から来るなんて珍しいな」

「たまには親友との親睦も深めたいと思ってな」

「それは感心だな。けど、テストの方は大丈夫か？　明日からだぞ」

「覚悟は出来ている」

志郎は腰を下ろしながら自信満々に言い放った。尤《もっと》も、彼がここに来た本当の理由は、真璃《まり》と直《なお》の勉強会から逃れるため。つまり、テストを捨てたのである。

「これまた感心だな。俺もそうだよ。今更どうしようが、結果なんて変わらないだろうからな」

そして、親友もまた同じ選択をしていたので、志郎はこの上ない安堵《あんど》を覚えたのであった。

それで、兵次は勉強もせずに何をしているのかと言うと……、

「それ、ＡＫ－74か？」

自慢のオモチャの一つ、エアガンをメンテナンスしていたのだ。志郎も男の子。興味津々にその様子を観覧すると、兵次も自慢げにその銃を見せてくれた。因《ちな》みに、ＡＫ－74とはソ連製の強力な自動小銃のことである。

「電動ガンだ。最近撃ってなかったから久しぶりにと思ってな。しかし、よく知ってるな。ＡＫ－74なんて」

「昔、撃ったことがあるんだ」

それを手に取りながら、志郎は戯言《たわごと》のようなことをサラッと口にした。ただ、彼が浮かべるその懐かしそうな笑みは、とても作り物には見えず……。だから、兵次は一応確かめてみる。

「えー、流石に嘘《うそ》だろ？」

「本当だって」

「なら、詳しく聞かせてみろよ」

「そうだなー……。ちょっと嘘も交ぜるけどいいか？」

「まぁ……」

「これは『チンギス・ハーン対モンゴリアン・デス・ワーム』の取材のために、モンゴルへ行った時の話だ」

◇　◇　◇　◇　◇

十年前——。

前田志郎は雄大な緑の大地モンゴルにいた。馬に乗り、大地を駆け、眼前に広がる大草原に目を輝かせる。初めての海外、初めての外の世界に、少年はその純心を躍らせていた。この時、僅か六歳。

「どうだ？　志郎。素晴らしいだろう、外の世界は。日本では得られない体験をこれからたっぷり味わわせてやる」

「うん！」

同じ馬の後部に跨《また》がっている父親の言葉に、息子は無垢《むく》な笑みで頷《うなず》いた。尤も、これから十年にも亘《わた》って苦難の道を歩むことを幼い彼はまだ知る由もない。

「父さん、モンゴリアン・デス・ワームってどんなの？」

「巨大な芋虫のような怪物だ。普段は地中に潜み、たまに姿を現してはあらゆる生き物を一飲みしてしまう。人間なんかひとたまりもないぞ」

「えー？　そんな怪物探しに行って大丈夫なの？」

「普通の人間じゃ危険だが、父さんなら大丈夫さ」

「その銃で倒すの？」

志郎《しろう》は又衛門《またえもん》の背中を見ながら言った。そこには、どこで仕入れたのかAK－74がぶら下がっている。

「いや、こんなものじゃ倒せないさ。これは別の悪者を倒すために持ってるんだ」

「へー」

「さぁ、今日はもう休むか」

そして、又衛門は馬首を遊牧民居住地へと向けるのだった。

遊牧民の移動式住居『ゲル』が三帳ほど張られた小さな居住地。前田親子はここで世話になっていた。

ゲルの中では、彼らの民族衣装デールを纏《まと》った又衛門が馬乳酒片手に一家相手にこれまで行った先々の話を面白おかしく物語っている。人と馴染《なじ》むのが上手《うま》い彼はここでも歓迎を受けていた。

「いやぁ～面白いな、又衛門さんは。日本人なのに馬の扱いにも長《た》けてるし。好きなだけいてくれて良いよ」

一家の頭領も彼の人柄を認め、進んで酌をした。ただ、その目的だけには賛同出来ないでもいる。

「しかし、又衛門さん。本当にモンゴリアン・デス・ワームなんてものを見つけ出す気かい？　我が家は何代にも亘ってこの地を往来しているが、そんな話聞いたこともないよ」

「いや、いる。この中国・紫禁城の秘密の地下宮殿で見つけたモンゴル帝国に関する書物『大蒙古《もうこ》紀事本末』には、この地に人を食らう大蟲《おおむし》がいると記されている。必ず見つかるさ」

鞄《かばん》から取り出した何百年も前の本を見せながら、そう断言する又衛門。自信満々のその顔を見せられれば、彼らもこれ以上意見することはなかった。ただ、一つだけ忠告を。

「けど、気を付けてくれよ。最近はこの辺りにも物騒な奴《やつ》らが出るようになったからな」

すると、早速その物騒な奴らの情報が入ってくる。それをもってきたのは、帰宅してきた頭領の長男だ。

「親父《おやじ》、また連中を見かけたぞ。今日はもう出掛けない方が良い」

彼が険しい面《つら》でそう報告すると、頭領も同じく険しい面になってしまった。唯一、平然を貫いている又衛門が問う。

「場所は？」

「南の山の中腹辺りだ」

「数は？」

「五人ぐらいかな」

「よし」

そして、彼は立ち上がった。ＡＫ－74を手に取りながら。

「お、おい、又衛門さん。アンタ、まさか……」

「ちょいと退治してくる。志郎、付いて来い」

「子供まで連れて行くのか!?」

「教育の題材には丁度良い」

又衛門はこれまた自信満々に答えると、頭領の制止を振り切って出立してしまった。

外に出れば、既に陽《ひ》が暮れ始めている頃。又衛門と志郎は一頭の馬に跨り、南へと向かった。流石《さすが》に幼い志郎でも、これから良くないことが起きようとしていることを察する。

「これから何をするの？」

「悪者退治だ」

「悪者？」

「この辺りは絶滅危惧種のユキヒョウの生息地なんだが、それを狙って密猟者がやってくるんだ。父さんはこれからそいつらを退治する」

「それじゃ、僕も退治する！」

「ああ、頼んだぞ」

無邪気に宣する息子に、父は多大な信頼を置いた。

やがて、二人は南の山の麓に辿《たど》り着くと、下馬し、岩陰に隠れながら徒歩で進んだ。しばらくすれば中腹にて一団を認める。迷彩服とベストという格好な上に、全員が銃を所持。しかも猟銃だ。それを双眼鏡で確認した又衛門は確信を得た。

「ドキュメンタリー番組のスタッフじゃなさそうだな。まぁ、一応忠告してやるか」

そして、彼は警告を発する。

「業突く張りの愚かな密猟者ども！　今すぐ銃を捨て投降しろ！　さもなくば、日本のチンギス・ハーンこと源義経が成敗してくれようぞ！」

絶叫でもなければ怒声でもない。品性を保った大声が、天を駆けるように響き渡った。

それはまるで鎌倉武士の名乗り上げである。

対して、相手の返答はというと……発砲！　無警告の発砲は、もう犯罪者と呼ぶ他ない。

岩陰に隠れてそれをやり過ごした又衛門はＡＫ－74を構える。

「よし、これで気兼ねなく撃てるな」

開戦である。彼はすぐさま反撃に転じると、早速一人を仕留めた。

ＡＫ－74はアサルトライフルだ。連射が可能で、貫通力も高い。圧倒的な制圧力を武器にしている。人間を殺すために作られた軍用銃の前では、畜生向けの猟銃などオモチャに等しい。

更に目を見張るべきは使っている人間だ。又衛門は岩を楯《たて》にしつつ、素早く的確に相手を狙っている。敵の銃撃に臆することもなく、必要とあらば自ら銃弾の雨に身を晒《さら》してもいた。どこで身に付けたのか、明らかに素人技ではなかった。

また一人撃ち抜かれる密猟者。しかし、相手も馬鹿ではない。やがて又衛門側で発砲しているのが一人だけだと気付くと、包囲する策に出る。

そして、又衛門もそう来ることは予想していた。一旦岩陰に隠れると、横で身を潜めていた志郎に言い含める。ＡＫ－74を渡しながら。

「志郎、今度はお前が撃て」

「え!?」

「連中はこちらが一人だけだと思っている。儂《わし》が囮《おとり》になるから、その隙に奴らの背中を撃て」

「ひ、人を撃つの?」

「一昨日、撃ち方を教えてやっただろう?　自分でも撃ってみたいと言ってたじゃないか」

「そうだけど……」

「志郎、問題だ。ユキヒョウは全世界で三千頭。対して人間は七十億人。どちらが貴重だ?」

「……ユキヒョウ？」

「賢い。流石、儂の息子だ。人間は増え過ぎた。地球のためにもいくらか減らしておいた方が良い。大丈夫、ＡＫ－74は弾詰まりはしないさ。設計者のミハイル・カラシニコフを信じろ」

こうして、又衛門はナイフ片手に岩陰を伝いながら行ってしまった。

残されるは、心細そうに銃を抱える六歳の少年。彼の手のそれは子供にはあまりにも大きく、重かった。

対して、残った密猟者たち三人もまた覚悟を決めていた。一度は逃げることも考えた彼らだったが、相手が一人だと判断すると思い止《とど》まったよう。志郎が潜む岩を囲うようにそれぞれ岩陰に隠れ、攻めるタイミングを見計らっていた。

視線を送り合い、息を合わせる三人。

そして、リーダーが合図を出した！……ら、その首が掻《か》っ切られた。後ろから忍び寄った又衛門による一裂きで。

残りの二人が慌てて彼を撃つも、一発は外れ、もう一発はリーダーに当たる。連射が利かない猟銃の隙を突き、又衛門はもう一人に飛び掛った。地面に倒れ、激しく揉《も》み合う。

装填を終えた最後の一人も改めて又衛門を狙うが、仲間に当たることを恐れて引き金を引けないでいる。……だが、それも僅かな間だけ。揉み合っていた密猟者に蹴り飛ばされた又衛門が、その銃口に身を晒してしまった。

その彼が叫ぶ。息子の名を。

「志郎！」

だが、それは憂いからではない。

「撃て！」

決意を促すためだ。名を呼ばれた志郎は、反射的に岩陰から身を乗り出した。

自分が撃たなければ父が殺される。自分が父の命を握っている。その非情の決断を迫られた六歳の少年は、迷うことなく照準を密猟者へと向けた。

………………そして。

「うわあああああああああああああああああああ！」

ドドドドドドドドドドドドドドドドドドドドドドドドドドドドドドドドドドド！

◇　◇　◇　◇　◇

「ドドドドドドドドドドドドドドドド！……ってな。いやー、今思い出してもハラハラする展開だったなー」

持っていたＡＫ－74で兵次《へいじ》を撃つフリをしながら、志郎はそう昔話を締めた。

一方、撃たれた兵次はというと、目を見開いて口も開けっ放し。死んではいないが死んだように硬直していた。

「前の型のAK－47より反動が抑えられているとはいえ、やっぱ六歳児には大き過ぎる銃だったな。結局、撃った反動で引っくり返っちまったよ。ハハハ」

これも今では良い思い出だとばかりに上機嫌に笑う志郎。そんなだから、兵次はついこう訊《き》いてしまった。

「それ、それで……その……お前、その密猟者を殺したのか？」

シ――――――――――――――――――ン。

真顔で黙る志郎。

ヤバイと顔が固まる兵次。

そして、

……。

……。

……。

……沈黙の末、

「……フハハハハハハ！」

志郎《しろう》がまた笑った。大笑いだ。

「はは、ははは……」

お陰で兵次も安堵《あんど》して笑えたが、

「俺が話したかったのはＡＫを撃った経緯だ。密猟者がどうなったかなんて、どうでもいいだろう？」

「……あ、はい」

そう突っ込まれると真顔になってしまった。

すると、部屋の外から「お兄ちゃーん」と呼ぶ声が聞こえてきた。発したのは兵次の妹だが、どうやら来客のようだ。

志郎と兵次が玄関へ行ってみると、そこにいたのは意外な人物。島の老人、本郷《ほんごう》である。

「おお、志郎くん、捜したよー」

どうやら用件は志郎にあったよう。

「どうしました？　本郷さん」

「いやね、ウチの久兵衛《きゅうべえ》が脱走しちゃってね」

「え？　しょうがないな、アイツはー」

久兵衛とは本郷のペットで、島民たちから愛されている島のマスコットだ。志郎も以前じゃれ合ったことがある。

「志郎くん、久兵衛に懐かれてるだろう? 悪いけど、一緒に捜してくれないかね」

「いいですよ。兵次、行こうぜ」

島の人が困っているのなら手を貸さないわけがない。志郎は考える間もなく承諾した。

……が、

「え! 俺も!?」

兵次の方は全く気が進まなかった。顔を引き攣《つ》らせるほどに。

「お前、本郷さんが困ってるのに見捨てるっていうのか?」

「そ、そんなことは言ってないだろ!」

「じゃあ行こうぜ」

「う、……うん」

しかし結局、島のガキ大将としての面子《メンツ》が彼を頷《うなず》かせてしまうのだった。

神面山。青々とした木々に覆われたこの山に、志郎と兵次はいた。

「まだ五月だっていうのに暑くなってきたなー。流石、南の島だ」

晴天を見上げながらぼやく志郎。水筒を持ってくれば良かったと少し後悔もする。当然、兵次も持ってはいない。その代わり、余計な物を持ってきていた。

「お前、何でそんなものを持ってきたんだ？」

志郎が呆《あき》れた視線を送る先にはＡＫ－74。兵次はそれを大事そうに抱えていたのだ。まるでお守りのように。

「いや、まぁ、お守り？」

「え？　この山、そんなヤバイの出てくるの？」

そう、その通り。彼にとってそれは本当にお守りなのである。志郎もこの島のことはまだまだ知らないことだらけ。念のため、少し気を引き締めることにする。

「久兵衛なら山に逃げてると思うんだけどなー」

進む、進む、進む男二人。当てがあるわけではないが、人里で見つからないとなれば、ここぐらいしか思いつかなかった。だが、この山は広い。このままでは見つけるのは至難であろう。ということで、志郎は素晴らしい案を思いつく。

「仕方ない。ここは手分けして捜すか」

「分かれるの!?」

「その方が手っ取り早いだろう？　んじゃ、俺はこっち行くわ」

そして、志郎は相手の了承も得ずに行ってしまった。

否応《いやおう》なく取り残された兵次。仕方なくトボトボと歩き始めるその姿は、島のガキ大将らしからぬもの。それだけ、彼は恐れていたのだ。

辺りを見回しながら恐々と進む内地の子。この不思議な島に来て三年は経《た》つが、志郎ほどの胆力は持ち合わせていない。そして、志郎以上にこの島の恐ろしさを知っている。

「久兵衛～、久兵衛～どこだ～？　いるなら出て来～い」

見えぬ敵に怯《おび》えながら森の中を進む様は、まるでベトナム戦争時代のアメリカ兵。……いや、構えている銃がＡＫなのだから北ベトナム兵か。

そして、
しばらくすると、
それは、

…………現れた。

「ん？」

遥《はる》か先に認められた黒い点。それがこちらにも気付いたようで、やってくる。猛スピード で。

道とも言えない凸凹の地面を人間を凌駕《りょうが》するスピードで駆け抜ける『それ』。兵次がまごつきながら銃を構えた頃には、ゴマ粒のようだった黒い点は目前を覆う真っ黒な巨壁となっていた。

「ひぃ！」

悲鳴を上げる彼の前に現れたのは熊。全長三メートル、体重五百キロ超の巨大なヒグマだ。二本足で立ち、両手を上げて雄叫《おたけ》びを発している。

兵次は躊躇《ためら》わず引き金を引いた。

……。

……。

……。

……が、出ない。弾が発射されない。

「あっ!?」

何と、あろうことか弾詰まりしたのだ。メンテナンス中だったことを忘れ、急いで持ち出したせいだろう。お守りは、所詮お守りでしかなかったのだ。

「うおおお！　ふざけんな、カラシニコフのジジイ！」

逃げたところで追いつかれる。進退窮まった兵次に出来ることは、もう一つしかなかった。それは、日本人が誇る対熊の必勝戦術。

死んだフリである。

即座に仰向《あおむ》けに倒れた兵次は、それは見事に死体に成り切っていた。熊が鼻を付けて臭いを嗅いでも、ピクリとも動かない。心頭滅却すれば火もまた涼しの精神で乗り切る。

嗅がれ、嗅がれ、鼻先で突かれる。巨大な手で揺すられもした。それでも指一本動かさない。目を瞑《つぶ》り、息も殺す。

今の彼の頭の中にあるのは、走馬灯のように過《よ》ぎる十六年間の記憶と可愛《かわい》い妹のこと。

……そして、何故《なぜ》か浮かび上がってくる志郎のアホ面だった。

ただ、死んだフリも効果があったよう。やがて熊はどこかへ行ってしまった。それでも臆病な兵次はまだ動かず、完全に安全と確認出来るまでそのまま耐える。

耐える。耐える。耐える。耐え続ける……。

…………………それから十分ほど経っただろうか。そろそろいいだろうと、兵次はやっと目を開いた。

すると目が合った。

「あ」

熊と。

次いで、
志郎とも。

「お？　気が付いたか、兵次」

志郎とも。彼は猛獣が隣にいても、何事もないかのように兵次に手を差し伸べている。

「ビックリしたぞ。お前が倒れたって久兵衛が慌てて呼びに来たもんだから」

志郎は隣の『彼』を指しながら言った。

そう、この熊こそが、神面島百不思議の一つ『本郷熊』と呼ばれている島のマスコット、久兵衛なのである。

勿論《もちろん》、兵次《へいじ》も知っていた。害がないことも知っていた。知っていたけれど……どうしても馴《な》れなかったのだ。

「あ、ああ……ちょいと足を滑らせてな」

作り笑いで誤魔化しながら立ち上がる小心者。尤《もっと》も、それも志郎には見透かされていた。

「それとお前、久兵衛を撃とうとしたんだってな。酷《ひど》いヤツだな～」

「何故、それを!?」

「アラスカではグリズリーとばかり会ってたから、熊の言うことが分かるようになったんだ」

「……誰にも言うなよ」

彼の意外な特技に言い訳も出来ず。島のガキ大将は新参者相手に形無しであった。


同じ頃、宇喜多《うきた》家の客間でも一人の少女が倒れていた。座卓の上に上体を伏しているのは、ここの住人の真璃《まり》。

この日も真璃と直《なお》は素顔での勉強会を開いていたのだが、志郎を誘えなかったため二人っきり。彼女はそれが気に食わなかったのだ。

「勉強したら？」

シャーペンを走らせながら忠告する直。彼女が真面目に勉強をしている一方、真璃はさっきから呆《ほう》け面《づら》を晒《さら》しているだけである。

「だって、志郎がいないんだもん」

「別にいいでしょう、今日一日ぐらい。明日、学校で会うんだからさ」

「いやだぁ～、毎日会いたい～。学校だけじゃなく放課後も一緒にいたいの～。夕飯ギリギリまで一緒にいて、家に帰って寝るときも電話で話しながら寝落ちしたい～！」

「えぇ……。電話しながら寝落ちって……」

直も真璃の付き合いたてらしいラブラブ気分は理解出来ていたが、少々度が過ぎているようにも思えていた。勿論、彼女自身も交際が嬉《うれ》しいことに変わりはないが、そこは年長者らしく落ち着きをみせている。それが真璃には不思議だった。身を起こして問う。

「直こそ、志郎と付き合えたのにあまり嬉しそうじゃないよね？」

「嬉しいわよ。ただ、放課後デートなんて週に二、三回ぐらいでいいかなー」

「え？ 少なっ!? それだけ？……実は志郎のことあまり好きじゃないの？」

「アンタがくっつき過ぎなのよ。彼氏が出来て嬉しいのは分かるけど、そう毎日一緒にいたら疲れたり嫌がられたりするよ。志郎だって一人でいたいこともあるだろうしさ。付き過ぎず、離れ過ぎず。程よい距離感を保つことが、恋愛を長く続けるコツなのよ」

「そうかなー？」

「まぁ、それで志郎《しろう》が真璃のことを鬱陶しく思ってくれるのなら、恋のライバルとしては大歓迎だけどね」

「ムム……」

そう忠告されると、真璃も少し不安になってしまった。一先《ひとま》ずそのラブラブ脳を冷やすべく、姿勢を正してノートに向かうことにする。……ただ、直の言葉でもう一つ気になったものがあった。

「恋のライバルと言えばさ、志郎にはあと二人、いるんだよね？」

「……らしいね」

「どんな子だろう？」

「さぁ？」

「さぁ？……って、気にならないの？　私たちのライバルだよ!?」

あと二人もいるというのは志郎の婚約者のことだ。それを又衛門《またえもん》から告げられた際、真璃はショックで気を失ってしまったのだが、その件はそのまま有耶無耶《うやむや》にもされていた。志郎も直も、まるでそんな事実はなかったかのように振舞っているのだ。それもまた真璃には不思議だった。

すると、直はやはりシャーペンを走らせながら答える。

「だって、関係ないでしょう?」

「関係ないって……」

「婚約者の一人である吸血鬼はヨーロッパのトランシルヴァニア。もう一人の宇宙人に至っては遥か彼方《かなた》の惑星。志郎はこの島に腰を下ろすって言ってるんだから、もう会うことはないでしょう」

「そうかもしれないけど、だからって無関心でいるなんて……」

「詮索したところで志郎から何を聞かされると思う? 凡《およ》そ、前カノたちとの惚気話《のろけばなし》でしょう。またショックを受けたいの?」

「うっ」

「触らぬ神に祟《たた》りなし。深入りしない方が無難よ」

「うん……」

直らしいサッパリしたその意見には、真璃もつい頷《うなず》いてしまった。年長者の言う通りだ。自ら進んで辛《つら》い目に遭うこともなかろう。しかも、明日はテスト。今は余計なことを考えず勉強に励むべきだ。

こうして、真璃は改めてノートに向かうのであった。

……。

……。

……。

「ん？」

　すると、彼女の耳に聞き覚えのある話し声が入ってきた。宇喜多家に面した道からである。その主は、山から下りてきた二人と一頭。

　その内の一人、前田《まえだ》志郎は隣を歩く親友に呆《あき》れていた。

「兵次、あまり久兵衛《きゆうべえ》を虐《いじ》めるなよー。可哀想《かわいそう》だろう」

　志郎がそう窘《たしな》めると、久兵衛もそうだそうだと頷いた。

「分かってるけど馴れねーんだよ。お前だって内地での熊害は知ってるだろう。内地出身者には酷だ」

「おいおい、このご時勢に差別は良くないぞ。コイツは島を護《まも》るいい熊なんだから」

　志郎がそう擁護すると、久兵衛もそうだそうだと頷いた。

「それと久兵衛、お前も檻《おり》から抜け出すなよ。本郷《ほんごう》さんもいい齢《とし》なんだから、あまり困らせるな」

　次いで志郎がそう叱ると、久兵衛は今度はいやだいやだと首を横に振った。確かに、コミュニケーションが取れている……。これには兵次も脱帽已《や》む無し。更に、志郎の次の言葉にも。

「そういえば兵次って、神面を初めて見たときもビビッて三日も家に籠ってたんだってな。

お前、臆病なら最初からそう言っておけよ」

「何故、それを!?」

「真璃から聞いた」

「ぬぅ～、この島の連中は口が軽い！」

ガキ大将の面目はもう完全に丸潰れだった。

ただ、志郎にだって苦手なものはある。

「コラー！　志郎ー！　今日の勉強はー!?」

突然、隣の垣根を越えて聞こえてきたのは、その口の軽い女の怒声。彼も今になって宇喜多家の前まで来ていたことに気付く。

「ヤバイ！　逃げるぞ！」

とっ捕まれば勉強地獄は必至。危険に敏感な志郎は、迷わず、軽やかに久兵衛に跨《また》ると、その尻を叩《たた》いた。

「ハイヨー、久兵衛ー！」

そして、モンゴルで身に付けた見事な騎乗技術で、熊に乗って逃げ去ったのであった。

取り残された兵次は、もう……ただただ目を丸くして見送るだけ。

「アイツ……すっげーな」

唖然《あぜん》というか、感心というか……。流石《さすが》、世界中を回っていただけのことはあると、彼のアイドルとしての人気を認めざるを得なかった。

海に向かって走るその後ろ姿は、まるで映画のワンシーンのよう。そして、その生き様もまた映画のようである。

だが、兵次はまだ知らなかった。志郎が見せた本性は、未《いま》だ氷山の一角でしかないことを。

翌日、遂《つい》にテスト期間が始まった。

更にその翌日、それは終わった。

更に更に、その翌日には答案が返される。教室にて殿介《でんすけ》から答案を受け取った生徒たちは、次々に一喜一憂を表していった。

そして勿論、志郎は『一憂』の方である。

「ムムム……」

授業後の休み時間、彼は教室の片隅にて返された答案を睨《にら》みつけていた。今回は五教科だったが、どれもこれも惨《むご》い点数である。

特に、国語と英語の悲惨さには心痛していた。父は小説家であり海外にも長年いたので、その二つには自信があったのだ。だが、蓋を開けてみれば三十九点と三十六点。他の三教科に至っては、それ以下である。勉強をしなかったくせに何を今更と思うかもしれないが、本人はこれほど酷いとは思っていなかったのだ。

「志郎ー、どうだった？」

そこにやってきたのは愛《いと》しい恋人たち。上機嫌な神面をしていることから、二人とも上々の結果だったのだろう。尤も、志郎の両脇から彼の答案を覗《のぞ》いた途端、その神面は険しくなってしまったが。

「授業中、何してたのよ？」

「五教科合計で二百点に届かないなんて……」

驚く真璃に、呆れる直。志郎は一人、その足りない頭を絞って必死に弁明する。

「いや、世界中の秘境を飛び回っていたから、学校にはほとんど通っていなくて」

「だから、テスト範囲はこの学校で習った部分でしょう」

「いやいや、中学の基礎すら出来ていなかったし」

「だから、よりテスト勉強をしないといけなかったんでしょう」

「いやいやいや、勉強をする習慣が身に付かなかったんだよ」

「だ・か・ら、私たちが一緒に勉強してあげようとしたんじゃない！」

「ぐう……」

だが、真璃の全うな反論に全て掻《か》き消されてしまった。何とかぐうの音は出せた志郎だったが、これ以上の言い訳は思い浮かばず。進退窮まる。

そんな時、彼の目に同志が映った。

「あ、兵次《へいじ》！　お前、テストどうだった？」

勉強拒否という同じ志をもった兵次である。トイレから戻ってきた彼を呼び寄せると、肩を抱き寄せることまでした。まるで真璃《まり》たちから自分を護る楯《たて》にするかのように。

一方、志郎の心境を知らない兵次は素直に答える。

「まぁ、いつも通り」

「何点？」

「百点」

「平均二十点か!?　中々やるな！」

自分より下がいたと、志郎はウキウキ。対して、兵次はムカムカ。

「アホか！　平均二十点なんてどうやって取るんだ。一教科に決まってるだろう。全教科合わせて五百点だよ」

「……嘘《うそ》だろ？」

「何で嘘をつかなきゃならないんだ」

そう抗議する兵次からは騙《だま》そうという邪《よこしま》さは感じられなかった。堪《たま》らず志郎が恋人たちに視線をやれば、二人ともその通りだと頷いている。

「兵次はいつも全教科満点だよ」

「代々医者の家系らしくて、内地にいた頃は全国で三本の指に入る進学校に通っていたんだって」

真璃と直《なお》が明かす衝撃の事実。

「俺も昔は、将来はハーバード大かマンチェスター・ユナイテッドかって言われていたぐらいだからな。公立校の定期テストなんて大したことないさ」

兵次もごく当たり前のことのように答えた。

志郎、今になって気付く。兵次は勉強を嫌がっていたのではない、する必要がなかったのだと。

「お前、ガキ大将キャラのくせに勉強出来るのかよ！　ってか、何で黙ってたんだよ。お前の性格なら自慢するだろうに」

「いや、自慢になることじゃないだろう。譬《たと》えるなら俺は鷲《わし》、お前は犬だ。鷲が犬に対して、空を飛べることを自慢するのは可笑《おか》しいだろう？　鷲が飛べるのは当たり前。犬が飛べないのも当たり前。これが自然の摂理なんだから」

「う、うん。そうか……」

戸惑いながらも頷いてしまう志郎。何やら馬鹿にされている気もしたが、彼の足りない頭ではそれもよく分かっていなかった。

「まぁ、そういうこともあるよな。じゃあ、そういうことでー」

そして、志郎《しろう》はそのまま有耶無耶《うやむや》にするかのように、真璃たちを置いて教室の外へと逃げるのであった。……が、

「ちょっと、志郎くん」

教室を出る寸前、別の誰かに呼び止められてしまった。声の方向に振り向いてみれば、そこにいたのは奈々子《ななこ》。しかも、何やら機嫌が悪そうな神面をしている。

「な、何？　奈々ちゃん」

「あのこと誰にも言わないでって言ったよね？」

「あのこと？」

「何？　神面島百不思議の一つ『放課後のレズカップル』って」

「……あっ！」

『あのこと』とは、『あのこと』だった。志郎が流出元であろう真璃と直を見れば、二人とも同時に目を逸《そ》らす。

「ぬぅ～、この島の連中は口が軽い！」

「それはこっちの台詞《せりふ》よ！」

全くもって奈々子の言う通りだ。襟首を掴《つか》まれた志郎に逃げる術《すべ》なし。

「どうやらじっくり話さないといけないようね。ちょっと来て」

「え？　な、何？　怖いよ、奈々子お姉ちゃん」

「いいから！」

「あわわわわ……！」

こうして、志郎は機密漏洩《きみつろうえい》の罪で教室外へと連行されるのであった。

「口は災いの元だねー」

他人事《ひとごと》のように呟《つぶや》く真璃。

すると、今度は入れ替わるように大夢《ひろむ》がやってきた。用件は遊びのお誘いである。

「ねぇねぇ、今日は学校午前中までだからさ、この後海水浴にでも行かない？」

「いいねー、賛成～」

「テスト明け祝いに思いっきり遊びますかー」

「最近、暑くなってきたしな」

彼女の提案に、真璃、直、兵次の三人も大賛成。ただ、大夢が最も誘いたい人物が見当たらない。

「直、ところで志郎は？」

「今、奈々子に扱《しご》かれてるよ。運良く生き延びられたら行くんじゃないかな？」

「えっ!?　ダメダメ、アイツは絶対参加させるんだから！」

そして、大夢もまた教室外へと飛び出したのであった。

「志郎、人気あるねー」

「最近のアイツ、面白いからな」

直も兵次もその志郎への拘《こだわ》りには共感を覚える。きっと、その場にいるだけで面白くなるはずだ。ムードメーカーというやつか。

ただ、真璃だけは彼女からそれ以外のものを感じ取っていた。


学校が午前中で終わったこの日、島の高校生たちは一旦家に帰った後、集落からほど近い海岸に来ていた。兵次に、楢村春麻《ならむらはるま》と遠藤秀樹《えんどうひでき》の高一コンビ。それと勿論《もちろん》、志郎もだ。何とか奈々子の魔の手から生還した彼は、目の前に広がる光景にすっかり感動してしまっている。

「すっごいなー、これは。日本どころか、世界有数のビーチじゃないか？」

白い砂浜に踏み入れれば、その先にあるのは延々と広がる真っ青な海。水平線の先には何もなく、雲一つない晴天がより神秘さを感じさせる。まるで映画に出てきそうな絶景ビーチだった。更に素晴らしいのは、他に人がいないことである。今日は彼らの貸し切りだ。

「だろう？　神面島の名所の一つだからな」

自慢げに答える兵次。ただ、いつまでもその光景を堪能しているわけにはいかない。

「それじゃ、女たちが来るまでに用意しちまうか」

女とは出掛ける準備に時間が掛かるもの。先に到着した男たちは、志郎の合図で彼女らを迎える用意を始めた。

まずはビーチパラソルを立て、その下にレジャーシートを広げる。更にシートの上にクーラーボックスを二つ置いて重石《おもし》にした。

「ボックス、二つもあるのか……。何が入ってるんだ？」

「飲み物とスイカだよ。あとでスイカ割りしようよ」

「おお、そりゃ楽しみだ」

春麻がその中身を教えてくれると、志郎の作業ぶりにも俄然《がぜん》気合が入る。春麻がビーチボールを、兵次が浮き輪を口で膨らませている横で、彼は大きなゴムボートを口で膨らませてみせた。そして、「はぁ、はぁ……」と激しく息切れしているところに、真璃・直・大夢ら女四人組の登場である。

皆、ワンピースや短パンなど涼しそうな格好をしているが、ちゃんと帽子を被《かぶ》って陽射《ひざ》し対策は万全。ただ、あまりにも晴天だったからか、直だけは日焼けを心配そうにしていた。

「おー、準備出来てるじゃん。感心、感心」

「お褒め頂き光栄です」

島のお姫様である真璃の賛辞に、従者志郎は粛々と頭を下げた。……ら、彼はあることに気付く。いつもの面子《メンツ》の一人がいないのだ。

「で、大夢よ、奈々ちゃんは？」

「奈々子はテストの復習したいからパスだって」

「へー、確かに大学受験があるしな」

人生が掛かった大切な時期だ。真面目な彼女らしい判断である。ただ、志郎はもう一つ気になっていることがあった。代わりに、いつもの面子ではない者がいたのだ。

「で、大夢よ、こちらのお嬢さんは？」

それは、大夢の陰に隠れるように立っている気弱そうな女性。大夢がその背を軽く押しながら紹介してくれる。

「金光文《かなみつふみ》。今年三月に高校卒業したばかりで、私の一つ上の先輩。折角だから誘ったの」

引っ込み思案の少女、文である。普段ならこういう場には来ない性格なのだが、男性克服のため決意して参加したのである。

志郎も交友関係が広がるのは歓迎だ。その上、それが女の子となれば大歓迎に昇格する。

「俺と二つ違いか。この間引越してきた前田《まえだ》志郎です。どうぞ宜《よろ》しく」

「ど、どうも……」

彼の気さくな挨拶に、文は小さな声で言い小さく頭を下げた。

「ということで、早速始めますか」

すると、大夢がいきなり始めたのはストリップ!? 更に続くように真璃と直も!

「おおっ!?」

目の前で乙女たちが脱ぎ始めれば、志郎も否応《いやおう》なく色めき立ってしまう。自然豊かなこの海岸には更衣室すらないのだ。勿論、その服の下は既に水着姿である。

「じゃーん、どう?」

真璃がセルフ効果音を発しながら見せたのは、胸元がフリル状の布で覆われたフレア・ビキニ。

その隣で大きな胸を張る直は、それより攻めたレイヤード・ビキニ。

そして、あからさまなポーズを取る大夢は、更に攻めたクロスホルター・ビキニ。

三人とも南国らしいビキニで志郎も満足、満足。残念ながら神面は付けたままなのだが、その分、彼女たち十代の健康的な肉体美が強調されている。志郎も「ほほー♡」っと感心してしまった。だが、真璃が聞きたいのは感嘆ではなく感想である。

「で、感想は?」

「うーん、抽象的と具象的の二つあるけど、どっちがいい?」

「え?……じゃあ、抽象的」

「うお!? これは驚いたなぁ……。羽衣を解いたら、絶世の天女が現れたよ。神面島は桃源郷だった!?」

　それはまた超オーバーリアクションだった。それが演技なのは三人とも分かっていたが、あまりの褒め方につい苦笑してしまう。

「……因《ちな》みに具象的は？」

「げへへへ、スケベな身体《からだ》をしたけしからん娘たちだねぇ～」

　……そして、今度は苦笑すら出来ず。大夢はそっちまで催促したことを後悔してしまった。当然、乙女な真璃《まり》は期待を裏切られて憤怒。

「何で!?　もっとまともな感想言ってよ！」

「まともって？」

「例えば、紅《あか》くなった顔を逸らしながら『まぁ、似合ってるんじゃねぇ？』……とか！」

「そんな思春期真《ま》っ只中《ただなか》の中学生みたいな反応しないって。その方が恥ずかしいわ」

「まぁ、志郎のキャラじゃないよね」

　直もそれには同意した。彼女が彼に惹《ひ》かれた理由の一つもその大人びたところ。……尤《もっと》も、大人びたと言うよりオッサンだが。

　それでも漫画的な恋愛を夢見ている真璃は不満である。

「私は、顔が紅くなったアンタを『あれー？　もしかして照れてる？』って言って茶化したかったの。ラノベの主人公みたいに、もっと初々しい反応をしてよー！」

「ラノベはあまり読まないからなー」

「ぐぬぬぬ」

仕方がない。志郎はこの純朴な恋人のために褒め言葉を捻《ひね》り出す。

「そうだな。じゃあ……。神面を付けっぱなしでこんなに魅力的なら、素顔だとさぞ美しいんだろうな。いつか、素顔での水着姿を見せてくれよ」

そして本心からの笑みも添えて。これには真璃も堪《たま》らず自分の神面の方を紅くしてしまった。

「……まぁ、許してあげる」

彼女も満足してくれたようだ。

ということで、女性陣の水着披露のセクションも終わったので、遂《つい》に面々はメインへと移る。

海水浴だ。

「よーし、行くぞー！」

吶喊《とっかん》！　大夢の掛け声で、水着の女子高生たちは海へと走り出した。

「ぬぅ!?　男だけに準備させておいて先に海を味わうなんて、態度までけしからん。俺たちも行くぞ！」

吼《ほ》える志郎に、男子たちも賛同。上着を脱ぎ捨て海パン一丁になると、兵次《へいじ》は浮き輪を付けながら、志郎《しろう》と秀樹はゴムボートを頭の上に担ぎながら追い掛けた。

そして、美しい青い海へダイブ！　彼らの歓声が水飛沫《みずしぶき》と共に上がる。

まず始まるのは、創作物なら必ずと言っていいほどある水の掛け合い。大夢が真璃に掛ければ掛け返し、兵次が志郎に掛ければ掛け返し。上がったテンションを発散させるかのように騒ぎまくる。

次いで落ち着きを取り戻すと、この広大な自然を楽しむべく遊泳に励む。志郎は早速沖へ向かって泳いでみた。

河童《かっぱ》に泳ぎを習っただけあって、彼の水練は大したもの。すぐに足のつかない水深になるも、危なげなく進んでみせた。だが、泳いでも泳いでも、決して水平線には辿《たど》り着かず。延々と続く海と空の間にいる志郎は、自分のちっぽけさと自然の雄大さに感動を覚えていた。

「どう？」

そう言って近寄ってきたのは直《なお》。彼女も島の子らしく泳ぎが達者だ。

「自然の偉大さを感じているところだよ」

「本当、いいところだよね」

「この間までは島を出たがっていたくせに」

「好きな人がいれば、全てが素敵に見えるの」

そう答えながら直の青い神面が微笑《ほほえ》んだ。実に男を喜ばせる台詞《せりふ》である。釣られて笑みを浮かべてしまう志郎であったが、一方でその神面自体も気になる。女たちは皆、付けたまま海に入っているのだ。

「神面って付けたままでも大丈夫なんだっけ？」

「ええ、塩水に浸《つ》けても問題ないんだって。それに、付けたままの方が息を止めていられるんだよね。何でも神面の不思議な力によるものらしいけど」

「どのくらい？」

「私は五分ぐらいかな。島には神面を付けた海女さんがいるんだけど、その人は三十分も潜りっ放しで漁をするんだって」

「三十分!? それは凄《すご》いな」

するど、今度は不機嫌神面が近づいてくる。あの赤い神面は真璃だ。

「ちょっと、直ー。志郎を独占しないでよー。ってか、それ新しい水着？ いつの間に買ったの？」

「そりゃ、いい男が現れたらお洒落《しやれ》に気を遣うようになるものよ」

「ぐぬぬぬ……。夢姉も初めて見る水着だったし……」

志郎大好きっ子は、どうも気を回すのが苦手なようだ。尤も、志郎が「俺から見れば皆新しいし似合っている」と宥《なだ》めたお陰で、そこまで引っ張らずに済んだが。

するとと、するとと、何と、またもや何かが近づいてくるではないか。しかも、今回は人ではない。

「うん？　おい、あれ……」

気付いた志郎が指差すのは、海面から出ている巨大な背びれ。つまり……。

「サメだぁ！」

海において最も恐ろしい生物の登場に、百戦錬磨の志郎も絶叫してしまった。二人に逃げるよう促す。……も、その二人はというと全然動じず。というより、能天気だった。

「あー、平気、平気」

直がそう答えると、目の前まで来たそれが海中から飛び出した。見事な弧を描いて三人の頭上を飛び越えるのは……イルカ！

「おお！」

志郎も絶叫から歓声へ。更に、そのイルカがまた寄ってくると、真璃がその子を撫《な》でながら紹介してくれる。

「ここのイルカは人懐っこくて百不思議にもなってるの。その名も、神面島百不思議の一つ『人懐っこいイルカ』」

「そのままだな」

「海水浴をしてるとよく集まってくるの。サメなんて、十年に一度出るか出ないかぐらいなんだから」

そして彼女はイルカに跨《また》ると、そのまま水上バイクのように進んでみせた。

「ヤッホー、志郎ー！」

「すっごいな」

手を振るイルカ少女に、手を振り返す感心少年。この島は、実に素晴らしい驚きばかりを提供してくれるものだ。

「この辺りイルカがたくさんいるから志郎も試してみたら？」

更に、直も新たに現れたもう一頭にしがみ付くと、そう言い残して行ってしまった。

傍《はた》から見る限り簡単そうに乗りこなしているし、こんな体験は滅多に叶《かな》わないだろう。しかも、水族館の訓練イルカではなく、野生が相手だ。

「やってみるか」

志郎の童心は既にイルカの背の上だ。

一方、海を満喫している真璃や直とは裏腹に、未《いま》だ陸地にいる女二人は神面の眉間にシワを寄せていた。

「文～、何で来て早々座り込んでるのよ」

パラソルの下でパーカーを着たまま体育座りをしている文に、大夢《ひろむ》が自分の腰に手を当てながら叱責。男と接して苦手を克服してもらわなければ誘った意味がないからた。ただ、内気な彼女にはハードルが高過ぎでもある。文《ふみ》がその不満を漏らす。

「だって、いきなり水着なんて……。恥ずかしいよ」

「水着姿で接せられるようになれれば、あとはもう怖くないでしょう？　恥ずかしいのは最初だけだって」

「荒療治過ぎるよ」

大夢らしい粗略で強引過ぎる策である。相談した相手を間違えたと、文は悔やんでしまった。だが、後悔してももう遅い！　海から上がってきた真璃と直まで誘いにやってくる。

「文姉〜、何やってるの？　早く海入ろうよ」

「泳げないわけじゃないでしょう？　春麻《はるま》みたいに」

文の手を引っ張る真璃に、両手でビーチボールを回して遊びを促す直。文も島の女である以上、何年にも亘《わた》って竜神池で水浴びをしている。泳げないとは言えなかった。因みに、金槌《かなづち》の春麻は服を着たまま波打ち際で遊んでいる。

ともかく、無理にでも行動させなければ。大夢も文を後ろから押し出した。

「今更臆してどうするのよ！　ほら、ほら、ほら」

「ちょ、いや、ダメ！　ムリムリ、恥ずかしいって！」

「既に三人の美女の水着姿を見てるんだから、文の水着姿が増えたって志郎も気にしないわよ」

「私が気にするの！」

押しても、押しても、全く動じず。引っ込み思案の性格が、文を銅像の如《ごと》く重くさせていた。臆病者の自己防衛の強固さは並々ならぬもの。大夢もここまで頑《かたく》なだとは思わず、遂には苛立《いらだ》ちまで見せてしまう。

「あー、もう！　ほら、志郎をご覧よ。初めての海なのに思いっきり楽しんでるじゃない！……で、アイツ、何をやってるの？」

で、その志郎は何をやっているのかというと、未だ沖でプカプカ浮いていた。

「あー、イルカを待ってるんじゃないかなー？　初めてだろうから上手《うま》くいかないんでしょう」

直がビーチボールをレシーブしながら答えた。

「けど、ここのイルカって女の子にしか寄ってこないんだよねー」

「え？　そうなの？　意外と俗っぽいんだね」

確かに大夢の言う通り、男志郎はずっと待ち惚《ぼう》けをくらっている。イルカが寄ってくる気配は全く感じられず、次第に自分は何をしてるんだと疑問をもち始めていた。

「……仕方ない、帰るか」

まぁ、この島を永久の住処《すみか》に選んだのだから、これからいくらでも機会はある。そう思い直した彼は、陸《おか》へと顔を向けた。

すると、遂に来た。

背びれが！

「おっ!?　待ってましたよ！」

急速接近！　それは目の前まで迫ってくると、先と同じように海中から飛び出してきた。

期待に満ちた志郎の瞳に映ったのは…………何重にも歯が連なった巨口《きょこう》！

それは海において最も恐ろしい生物。

「サメじゃねぇかぁぁぁぁぁぁぁぁぁぁぁぁぁぁぁ！」

そう叫んだ彼は頭を齧《かじ》られながら海中に引き摺《ず》り込まれてしまった。

「きゃあああああああああああああ！　しろぉぉぉぉぉぉぉぉ！」

浜辺からそれを見ていた真璃《まり》は絶叫し、直も大夢も、大人しい文さえも悲鳴を上げた。

兵次ら男たちも目を丸くして慌てているが、為す術《すべ》などない。

「うわあああああああああ！　裂かれたぁぁぁ！」

再び海面上に顔を出した志郎が痛々しい悲鳴を上げた。

平穏な海で起きた突然の惨劇。

恐怖、殺意、絶望が辺りを包み、見ている者たちの血の気を引かせていく。

それでも、彼はまだ生きている。

我に返った真璃が兵次に迫る。

「兵次《へいじ》、何見てんのよ！　早く助けてあげてよ！」

「え？　いや、無理、無理、無理だって！」

「ビビってんじゃないよ。男でしょ！」

「無理だってばよ！」

取り乱す彼女の無茶振りに誰もが応えたいが、誰も応えられず。

やがて、志郎はまた海中に引き摺り込まれてしまった。

次いで浮かんできたのは…………血。

真っ赤な鮮血だ。

美しい青い海面が命の色に染まると、そこにいる誰もが最悪の結果に腹を括《くく》った。

見届ける真璃は涙目になり、直も真っ青な神面を晒《さら》す……。他の者たちもただただ悲嘆に暮れるしかなかった。

……。

……。

……。

すると、海面にあの背びれが現れた。それが真璃たちのいる浜辺へと向かってくる。

真《ま》っ直《す》ぐ。真っ直ぐ。真っ直ぐに。

次は自分たちの番だとたじろぐ面々だったが、流石《さすが》に陸にまでは上がっては来ないだろう。だが、そのサメは止まることを知らない。かなりの浅瀬に至っても迫ってきていた。

やがて、海面上にサメの頭まで出てくる。

次いで……志郎《しろう》の頭まで!?

「っ!?」

その瞬間、島の住人たちは皆息を呑《の》んでしまった。

目の前に映し出されるは、信じられない場景。

だが、現実の光景である。

海から現れたのは五体満足、傷一つなく戻ってきた完全素っ裸の志郎。その上、その右肩には息絶えた巨大ザメが担がれていたのだ。

「あー、くそ！　コイツにおニューの海パン破かれちまった。……ったく、俺は荒れ狂うアマゾン川で半魚人と殺し合いをしたんだぞ。海でサメ如きに負けるかよ」

そう吐き捨てながら志郎が摑《つか》んでいたサメの頭に指を食い込ませると、その口とエラから大量の血が噴き出した。

エグイ……。だが、それ以上に凄《すさ》まじい。

「すげぇ……」

男たちは担がれた巨大ザメを見ながらそう呟《つぶや》いてしまった。

「すっごい……」

そして、女たちは露《あらわ》になった志郎の股間を見ながらそう呟いてしまった。

特に、その乙女心が燃え盛ってしまったのは海水浴の提案者、大夢。

「あの男、絶対手に入れてやるわ……」

志郎をターゲットにしたことに間違いはなかった。あとは確実に仕留めるだけ。今の彼女の彼を見る視線は、獲物を狙う猛獣の如しである。

まぁ、何はともあれ生還して何よりで、皆安堵《あんど》している。ただ、それでも当人だけはすっかり落胆していた。

「ひでー目に遭った……」

買ったばかりの海パンを早々に失い、もう海へは入れない。志郎は肩を落としながらパラソルの下に腰を下ろすと、股間をタオルで隠した。……すると、視線を感じた。

「うん？ どうした？ 文ちゃん」

「え？ あ、いや！」

同じパラソルの下にいる文である。奥手な彼女とって、男の裸は勿論《もちろん》初めて。すっかり見入ってしまった上に、気付けば避けていた男がすぐ傍《そば》まで来てしまっていた。今更逃げるのは気まずいので、文は紅《あか》くなった神面で必死に雑談を試みる。

「そ、その……怪我《けが》、大丈夫？」

「ああ、あのぐらいの相手ならな。世界中で色々酷《ひど》い目に遭ってきたから、そこそこ身を護《まも》れるようになったよ」

その返答で文も気付く。彼をよくよく見れば、その身体《からだ》は傷一つないどころか古傷だらけだったのだ。身体自体も細身だが筋肉質でもある。身に付けようとして身に付くようなものではない。

彼女が再びその身体をまじまじと見てしまうと、流石に志郎も察する。

「俺の身体、セクシー？」

「えっ!?　あ、その……！」

「文ちゃん、奥手なタイプ？　初々しくて可愛《かわい》いねー」

「っ！」

その軽口で、文の神面が「かあああ」っと更に紅くなってしまった。あまりにも真っ赤で、茶化した志郎も驚きを隠せず。それにしても、神面とは実に感情表現が豊かなアイテムだ。

「文ちゃんこそ大丈夫？　大して茶化してないのに初心《うぶ》だなぁ」

「うぅ……。と、歳上《としうえ》をイジらないの」

「まぁ、いいや。それより折角なんだから泳いだら？　十年に一度出るサメも退治しておいたし」

「……うん、そうしようかな」

その方が彼女にとっても吉か。とにかく、今は志郎から離れて興奮している頭を冷ますべきだろう。頑なに脱ぐのを拒んでいた文も、やっと自らパーカーを脱いだ。……ら、その途端、志郎はついこう口走ってしまった。

「でぇっっっかぁっ!?」

「っ!?」

その驚嘆ぶりに、文もまた驚嘆。彼が言ったのは勿論胸のこと。彼女が着ていた水着はワンピースタイプで、他の三人よりは地味で露出も抑えられていたが、その胸の大きさまでは隠し切れていなかった。文も見られることには慣れているが、初対面の男にこうも堂々と言われたのは初めてである。

「ちょっと！　そ、それ、セクハラ！」

あまりの直接的な発言に一瞬呆《ほう》けてしまった文だったが、我に返ると両手で胸を隠しながら慌てて抗議。

「ごめん、ごめん。失言だった」

一方、志郎も流石にこれには反省。……と、思いきや、

「けどまぁ、文ちゃんだってエロい目で俺の身体を見てたんだし。ここはお互い様ってことで」

その言葉には反省の色は全く見えなかった。

「なっ!? み、見てないって!」

「しかも、俺の股間をマジマジとさ。あからさま過ぎるよ」

「見てない、見てない、見てない!」

「全く……文《ふみ》は身体だけじゃなく心までスケベだな……」

「見てなああああああああああい!!」

怒るスケベに茶化すスケベ。傍《はた》から見れば和気藹々《わきあいあい》。

その様子を離れたところから見ていた春麻《はるま》は、それはもう感心してしまっていた。

「見て、兵次くん。あの文さんが楽しそうに声を上げてるよ。珍しいねー」

「ああ、いつもボソボソ喋《しゃべ》ってるのにな。俺なんて事務的な会話しかしたことないし。やっぱ、志郎のコミュ力は凄えよ。アイツ、コミュ力高過ぎて熊とも話せるからな」

このように、志郎が仮面を外したことで判明した新しい魅力は、島の人たちを次々と魅入らせていったのであった。

そして、真璃の「そろそろスイカ割りしよー!」の呼び声で、中断していた享楽タイムは再開。その後もダイビングやビーチバレー、イルカと泳いだりなど、彼らは彼らに相応《ふさわ》しい青春を満喫したのである。

第三話　前田家でのお泊まりデート

夕方、海水浴を思いっきり堪能した真璃《まり》と直《なお》、あと海パンを失って微妙に不満の残った志郎の三人は、前田《まえだ》家にてひと休みをしていた。あの海水浴場には当然シャワー室なんてものはないので、一刻も早く身体を洗いたい恋人たちが寄ったのである。

「いやー、参った、参った。不完全燃焼だわ」

「でも、無事で良かったじゃない」

居間にて愚痴を零《こぼ》す志郎を、着替えを済ませた直が笑って慰めた。

「本当、本当、こっちは血の気が引いたんだから」

片や、風呂場から出てきたばかりの真璃は不機嫌に言い放つ。涙を浮かべるほど心配したのだから、それも仕方ないか。

「怒るなよ。俺は落ち度のない完全な被害者だぞ。しかし、今日は疲れたなー。夕飯どうするか……」

「今は一人なんだよね。私が作ってあげようか？」

直のありがたい気遣い。ただ、志郎もまた彼女を気遣っていた。

「うーん……。いや、お前も疲れてるだろう。面倒だから今日は外で食うかな。二人も一緒にどうだ？　奢《おご》るぞ」

「え？　いいの？」

「パパからいっぱいお金をもらったのだ」

遠慮気味の真璃に彼が軽口を交ぜて勧めれば、二人も気兼ねなく頷《うなず》くことが出来た。

「それじゃ、今日志郎《しろう》んちに泊まっていっても良い？」

「いいですとも」

その上、直のその申し出にも快諾。

「ちょっ……、直、ずるい！　私も！」

「いいですとも」

更に、真璃にも快諾。ただ、一つ問題がある。一人暮らしの直はともかく、真璃には家族がいるのだ。従姉《いとこ》もそれ故の外泊の難しさを知っている。

「真璃、お泊まりなんて大丈夫？　お祖母様《ばあさま》は許さないと思うけどなー」

「うぅ……。お、お母様なら話を聞いてくれるはず」

つまり、電話の相手次第ということだ。

真璃は前田家の電話機の前に正座すると、恐る恐る受話器を取った。母が電話に出てくれれば希望はあるが、もし厳しい祖母なら問答無用にジ・エンド。

ただ、これは真璃にとって死活問題でもある。このままでは、恋のライバルが志郎と二人っきりで夜を過ごしてしまうのだ。恐らく、齢《とし》相応のスキンシップもするだろう。それは、真璃に圧倒的敗北感を与えることになる。布団の中で悔し涙を流しながら眠れぬ夜を過ごすことになるのだ。それだけはあってはならない！

「確率は二分の一……」

今の真璃は、まるで受ける予定のない大学受験に挑むかのような心境だった。

「今頃、叔母様は夕飯の支度を始めているだろうね。きっと手を離せないだろうから、電話に出るのは……」

「うっ⁉」

直の余計な一言で震え出す受話器を持つ真璃の手……。

「直、意地悪するな。真璃も夕飯の支度が始まりそうなら早く電話した方が良いぞ」

志郎の叱責と催促で、彼女も意を決した。

ボタンを押し、
呼び出し音を聞く。

そして、跳ね上がっている自分の心音も。

……。

……。

……。

繋《つな》がった！

相手は……、

「……あっ！　お母様⁉」

母親だ。それが分かると真璃の声に喜びが満ちた。序《ついで》に、直も小さく舌打ちしてしまう。

「あ、あのね、今、志郎のところにいるんだけど。志郎がどうしても夕飯をご馳走《ちそう》したいって言うの。ほら、今おじさんいらっしゃらないからさー、寂しいんだと思う。……うん、うん、そう。可哀想《かわいそう》だから一緒にいいかな？……あ、本当!?　それとね、直もいるんだけど、いつも夜一人で過ごして怖いから、今日は志郎の家に泊まりたいって言い出したの。全く、いい齢して呆《あき》れるでしょう？　だから、私も一緒にいてあげようと思って。ほら、志郎と二人っきりにするのも危なっかしいし。……いいかな？」

その話の歪《ゆが》めっぷりに志郎と直はつい顔を見合わせてしまうが、今の真璃には二人を立てる余裕などない。嘘《うそ》を交ぜても承諾を得るのみだ。

そして結果は……。

「ありがとう、お母様！　うん、大丈夫、迷惑掛けないって。じゃあ」

無事ＯＫを貰《もら》うことに成功したのである。

受話器を置いて安堵《あんど》の溜《た》め息《いき》を吐《つ》く真璃。……だが、今度は呆れた視線を送ってくる二人にも弁明しないと。

「う、ごめん……。波風を立てずにＯＫ貰うにはさ」

「しょうがない奴《やつ》だな」

それでも、素直に謝れば許してくれる間柄である。志郎は苦笑で済ませてやると、ゆっくり立ち上がった。

「んじゃ、行くとしますか」

この島で外食となれば、行くところは必然と島の繁華街となる。すぐ近くにある港も含め、そこは島民たちのライフラインを担っている大切な場所だ。

この島の食事処《しょくじどころ》は主に三つ。定食屋、洋食屋、町中華。どれも個人が経営している地域に根付いた店である。志郎と二人の神面少女はそれらを遠巻きに見ながら物色した。

「さーて、何を食いますか」

「志郎の奢りなんだから志郎が決めなよ」

「そうか？」

気遣える直に勧められ、志郎は遠慮なく選ばせてもらう。

「じゃあ、今日はガッツリ食いたい気分だから……中華にするか」

「あっ……」

だが、言った傍《そば》から直に拒否するような声を上げられてしまった。彼が堪《たま》らず呆れた目で見ると、彼女も両手を振って潔白を示す。

「違う、違う、違う！　先にスーパー行こうよ。お菓子とか買っておきたいし」

そう促されて向かったのは、この島唯一のスーパーマーケット『スーパーカミツラ』。

そういう名なので、専《もっぱ》らスーパーと呼ばれている。

その外観は少々草臥《くたび》れ始めているが、ド田舎にしては洒落《しゃれ》たデザインであり、食料品や日用品、雑貨や書籍まで置いてある万能な店だ。

ただ、それでも弱点が二つほどある。その一つが営業終了時間の早さで、田舎故に夜七時までなのだ。夕飯を食べてからでは間に合わないのである。

そしてもう一つは……。

「うーむ、案の定、棚がスカスカだ……」

入店早々、志郎はその弱点である品揃《しなぞろ》えの悪さに顔を顰《しか》めてしまった。どの商品棚も隙間があって寂しさを感じさせている。生鮮食品の棚に至っては、ほぼ空だった。

「まぁ、入港日前日だからねー」

直も仕方がないとそれを受け入れている。このスーパーに限らず、島の店の仕入れは週一でやってくる貨物船『みかん丸』に頼っている。つまり、船の入港日前になる頃には品薄は避けられないのだ。

「けど、明日になれば棚どころか通路にはみ出るほど商品が並ぶしね」

「ああ、待ってましたとばかりに島中の人が買いに来るだろうから、すげー混むだろうなー」

「何せ、みかん丸の内地出航からここに到着するだけで四十時間以上掛かっているからね。内地内での運搬とかも考えると、この島に着いた時点で賞味期限ギリギリの食品なんてたんくさんあるし。時間との勝負よ」

「こればかりは、ただ大量に仕入れれば良いってわけにもいかないからな」

そんな島のデメリットを講じる志郎と直の傍ら、真璃はというと菓子選びに没頭中。生鮮食品と違って加工食品は日持ちするので、今もそれなりに残っている。

「何にしようかなー。まぁ、定番のチョコスティックにポップコーン。それに、えびせんは欠かせないよね」

志郎が持っている買い物カゴに、次々とカートイン。これら全部食べて大丈夫なのかと、ぽっちゃり系は好みではない彼は心配になってしまった。すると……、

「あと、勿論《もちろん》ポテトチップスはのりしお……と」

「ちょっと待って」

直が待ったを掛けてくれた。

「ポテチと言ったら、うすしおでしょうが」

尚《なお》、別の意味でだったが。

「えー、のりしおの方が美味《おい》しいよー」

「うすしおだって」

「のりしお！」

「うすしお！」

時折発生する二人のいつもの言い合い。志郎も慣れてきたので、その両方をカゴに入れるという紳士的の方法ですぐさま解決してみせる。しかも、二つ買ってもさほど懐は痛くなかった。

「けど、思ったより安いよな、この島の物価。このポテチも百円以下だし」

「うん、お国がたくさん補助金出してるからね。父島よりずっと安いと思うよ」

「他の島は受けてないの？　この島だけ？」

「だって、そのための大叔父様の国会議員だもの。宇喜多《うきた》家は日本に復帰して以降、代々国会議員を輩出して、日本政府にこの島を支援させてきたの。全てはこの島を護《まも》るためにね」

この直の解説には志郎もかなり驚いた。この神面島は政治的にもかなり影響力があるようだ。そして、そういう類の話題にはあまり踏み込まない方が良さそうとも思った。

さて、菓子は十分だろう。あとは飲み物である。

「飲み物どうする？　コーラでいいか」

「「え？　コーラぁ？」」

志郎の無難な判断に、二人は今度は仲良く不満げになった。

「じゃあ、オレンジジュース？　お茶？」

「勿論、お酒よ」

直《なお》が即答した。

「酒だぁ!?　ダメだ、ダメだ。飲めるのは祭りの時ぐらいだろう」

「志郎って堅いよねー。いいじゃん。お祭りでＯＫなら普通に飲んでも問題ないってことでしょ？」

「もしかして捕まるのが怖いの？　大丈夫、この島、日本国憲法は通用しないから」

直が、更には真璃《まり》まで気軽に答えた。だが、志郎の考えに変わりはない。

「子供たちだけで飲んで急性アルコール中毒にでもなったらどうするんだ。たとえ助かっても、俺が父さんに殺されちまう」

世界中を回ってきた彼は、これまで何度も命の危機に晒《さら》されてきたのだ。一時の快楽のために僅かでも危険に身を置くという選択はない。

「意外に真面目だねー」

「真面目じゃなくて臆病なんだ。人間の命なんて簡単に消えちまうぞ。俺はそれを何度も見てきた」

志郎が言うと説得力もある。二人も今回は恋人を尊重して見送りとした。

そして、買い物を終えるとやっと夕食タイムである。

三人が訪れたのは中華料理『光珍軒《こうちんけん》』。古くから営んでいる老舗の飲食店である。年配の夫婦で切り盛りしており、出迎えてくれたのは接客担当の女将《おかみ》さん。

「はい、いらっしゃい！　あら、直ちゃん、真璃ちゃん、久しぶり～」

当然の如《ごと》く島民同士顔見知りである。

「前田《まえだ》先生んちの志郎《しろう》くんだっけ？　さぁ、掛けて、掛けて」

更に、当然の如く初見の志郎のことも知っていた。三人も彼女と厨房《ちゅうぼう》の店主に軽く挨拶する。

店内はカウンター席にテーブル席、あと座敷もあったので、疲れていた志郎は座敷を選んだ。

「さーて、何を食いますか」

彼が卓に置かれていたメニュー表を見てみれば、至って普通で安堵を与えてくれる。

「初めてだから、手堅くラーメンとチャーハンのセットを……。いや、ここはライスにして、青椒《チンジャオ》肉絲《ロース》と酢豚をオカズにして食うか。あー、あとエビチリも。……あ、そうそう、餃子《ギョーザ》も頼まないとな。三人で啄《つい》ばもうぜ。……で、真璃は決まったか？」

「うーん、ちょっと待って」

「私は五目焼きそばにしようかなー」

「じゃあ、直は？」

ということで、二人は決定。志郎は残り一人を待ちつつ、店内を見回した。凡《およ》そ三十席の狭過ぎず広過ぎない店内に、客は他にオッサン四人。普通に食事をしていたり、餃子をつまみに瓶ビールで一杯やっていたりと様々。備え付けられているテレビではプロ野球中継が流れている。内地から千二百五十キロも離れていても、ここはちゃんと日本だった。

そこに女将さんがお冷とおしぼりを持ってきてくれる。

「志郎くんはウチ初めてだよね？」

「そうです。今、父親が出張中で」

「あら、そうなの。流石《さすが》、人気作家先生ねー。お忙しそうで」

するとと、直がまるでお預けを食らっていた犬のように慌てて口を挟む。

「ねぇ、おばさん、聞いて聞いて！　昼間、私たち海水浴に行ってたんだけど、そこで志郎がサメに襲われたの！」

「あら、大変！」

「私たちもビックリしちゃってさー、もう浜辺でアワアワしちゃって……。でも、志郎ったら素手でサメを返り討ちにしちゃったんだよ。もう本当、凄《すご》かったんだから！」

「そう、無事で良かったわねー」

早速、出来立てホヤホヤの話題を広められ、志郎も大呆《おおあき》れ。本当、ここの島民は口が軽かった。

「全く、お喋《しゃべ》りなヤツだ……。女将さん、注文お願いします。ラーメンとライスのセットと青椒肉絲、酢豚、エビチリ、餃子……。それに五目やきそばを一つずつ。あとは……真璃、決まったか？」

「ちょっと待って。天津飯かタンメンで迷ってる」

未《いま》だメニューと睨《にら》めっこ中の真璃。気が強いくせに、意外にも優柔不断ぶりを見せている。そこに直が一言助言すると、

「あれ？　前に来た時は、次は回鍋肉《ホイコーロー》定食にするって言ってなかった？」

「ちょっ!?　直、何で思い出させるのよ!?　余計迷うじゃない！」

「えぇ!?　親切で言ってあげたのに……」

不条理な怒りが彼女を襲った。尤《もっと》も、付き合いの長い従姉《いとこ》は、従妹《いとこ》が何を選ぶかを既に知っている。

「けどさ、結局アレにするんでしょう？」

「いや、今日こそこの内のどれかにする。……………………決めた！」

そして、真璃は熟慮の末、こう宣言した。

「おばさん、私はて……て…………て、カレーで！」

カレー――!?

志郎は聞き間違いか？　と首を傾《かし》げ、直はやっぱりねと失笑する。女将さんも「はいはい、いつものね」と平然と伝票を書いていた。そして、それを頼んだ当人は、何故《なぜ》か頭を抱えて憤っている。

「ぬあああああ！　またカレーにしちゃったぁぁ！」

嘆きの真璃。その様子を呆れて見ていた志郎もその心境を察するが、よりにもよってカレーとは……。

「何で中華料理屋なのにカレーなんだ？」

「だって、ここのカレー美味しいんだもん」

「？」

志郎、解せず。

「ウチは特製の中華スープを入れてるからね」

そこに女将さんのフォローが入ると、彼もやっと納得出来た。洋食屋では食べられないカレーということか。

更に、女将さんは新商品のオススメまでする。

「そうそう、ウチね、最近杏仁豆腐《あんにんどうふ》を始めたのよ」

「「え？　杏仁豆腐!?」」

少女二人、同時に驚愕《きょうがく》。

「「志郎、食べたーい」」

少女二人、同時に懇願。美少女たちから子犬のように見つめられれば、男子に拒否する手立てはない。

「おばちゃん、それ二つね」

「アンタ、女の子にモテるでしょう？」

「ええ、よく言われます」

女将さんの太っ腹客へのリップサービスに、志郎は本心から頷《うなず》くのであった。

それから雑談しながらしばらく待つと、料理が運ばれてきた。

「「「いただきまーす」」」

目の前の美味《うま》そうな品々に行儀良く挨拶する三人。そして、実際に口にしてみればやはり美味かった。

「うーん、やっぱりサイコー♡」

真璃もお気に入りを食べてご満悦。すると、メニュー選択の悩みがなくなったせいか、ある疑問を思い出した。

「そういえば志郎って、南米の刑務所に入ってたんだって？」

「何故、それを!?」

「兵次《へいじ》から聞いた」

「ぬぅ〜、この島の連中は口が軽い！」

「何で入ってたの？　悪いことしたの？」

「辛《つら》〜く嫌な思い出さ」

「何したの？」

「……聞きたいの？」

「うん」

「あまり話したくないなー」

「気になるじゃん」

気が乗らぬ志郎に、引く気がない真璃。直も「面白そうじゃん」とノリノリである。仕方なし。志郎は渋々口を開く。

「それじゃ……答えを言ってからそうなった経緯を話した方がいい？　それとも後の方がいい？」

「うーん、先かな」

真璃がそう答えると、志郎は一拍置いて……こう明かした。

「刑務所に入れられた理由は……麻薬密輸容疑」

「「え？」」

それは、少女二人にとってあまりにも予想外の答えだった。思いの外、凶悪というか……。思いの外、生々しいというか……。

「……素直に引くんですけど」

直が軽蔑の眼差《まなざ》しで言った。

「ちょっと嘘《うそ》も交ぜるけどいいか？」

「まぁ……」

「前に話した『日本河童《がっぱ》、アマゾンポロロッカに挑む』の取材のために、アマゾンへ向かった時の話を覚えているか？」

「ええ、麻薬カルテルの縄張りを通った話だよね？」

「あの後、俺と父さんは無事半魚人に出会ったんだが、そのまま捕まってな。しばらく木の檻《おり》に入れられてたんだ」

「いきなりメチャクチャな展開ね……」

「しかも半魚人は肉食でな。同じく捕まっていたアメリカの自然番組のクルーが食べられているのも見たよ。……で、このままじゃ俺たちも食われるってんで、ある夜脱出することにしたんだ。けれどその際、父さんは『バラバラで逃げた方がいい』とか言い出して、一人で先に逃げちゃったんだよ……」

「えぇ……」

「それで、俺も一人で必死に逃げ出したんだ……」

◇　◇　◇　◇　◇

二年前——。

半魚人の魔の手から命からがら逃げ出した志郎は、南米B国のハイウェイを走っていた。一人で歩いていたところ、幸運にも通り掛った車に乗せてもらったのである。

「歩いて街へ向かうなんて無茶な話だ。よく生きていたな、坊や」

車を走らせながら嗜《たしな》める陽気そうな三十代の運転手。片や、助手席の志郎は貰《もら》ったペットボトルの水をがぶ飲み中。ほぼ全てを飲み干したら、「助かりました……」と、やっと礼を言えるほどの疲労困憊《ひろうこんぱい》ぶりだった。

「なーに、こっちも都合が良かったんでな」

その言葉の意味は分からなかった志郎だが、相手も歓迎してくれているのなら特に問うことはしない。

そして、しばらく走っていると街が見えてきた。本物の人間の文明である。ただ、そこに至る前に一つ障害があった。警察による検問だ。

車を止められると、二人の警官が車を囲み運転手に話し掛けてきた。

「やぁ、運転手さん。どちらへ？」

「仕事ですよ。自動車修理工場で働いているんだ」

「助手席のお子さんは？」

「友人の子です。街まで行くついでに乗せていって欲しいと」

運転手の説明に、志郎《しろう》自身も肯定の頷きをする。ヒッチハイカーと正直に明かした方が面倒になると思ったのだ。

「……それじゃ運転手さん、ちょっと降りてもらえますか？」

「勘弁して下さいよ。仕事に遅れちまう。この子も送っていかないといけないし」

「いいから」

けれど、結局面倒は避けられないようだ。

「待って下さいよ。今度遅刻したらクビって言われてるんです」

「いいから、ほら」

「子供を乗せてるんですよ？　怪しい者じゃないですって」

「降りて」

「勘弁して下さいって」

「早く済ませたいなら従って」

押し問答をする運転手と警官。蚊帳の外の志郎はただただオロオロするばかり。

「早く、降りろ！」

のらりくらりの相手に、警官も遂《つい》に高圧的になった。こうなれば、もう見逃してはくれないだろう。

「ああ、分かりましたよ……」

運転手も観念した。

そして……、

急発進！

突然、車を爆走させた！

いきなり始まった逃走劇。やはり蚊帳の外の志郎は、ただただ必死にアシストグリップに摑《つか》まるだけ。

尤も、意外にもそれはすぐに終わった。運転手の死によって。

警官が放った銃弾がリアガラスを貫き、偶然にも運転手の後頭部に命中したのだ。コントロールを失った車は猛スピードのまま道路側面のブロックにぶつかり、そのまま宙を舞う。そして一回転すると…………轟音《ごうおん》と共に地面に激しく叩《たた》きつけられた。

潰れた車。

上がる煙。

激しく燃え盛る炎。

その場は一転して地獄となった。

一目見ただけでも生存者はありえないと分かる惨状に、パトカーで追ってきた警官たちも為す術《すべ》なく遠巻きに見ているだけ。……が、その見ている目が瞠目《どうもく》する。

「うおおおおおおおおおおおおおおおお！」

炎の中から、志郎が飛び出してきたのだ。

「くっそ、また死ぬかと思った！」

そう愚痴る彼は、煤《すす》だらけでボロボロながらもしっかり二本足で立っている。無事。健在。奇跡的に生還したのだ。……故に、

「う、動くな！」

警官たちから銃を向けられた。現実離れしたこの男に対する恐怖から。怯《おび》える彼らに、志郎もまた怯える。ただただ両手を上げるばかり。

志郎は逮捕された。

その後判明したことなのだが、車に乗せてくれたあの運転手は麻薬の運び屋だったのだ。炎上した車からも麻薬の残骸が見つかっており、志郎を乗せたのも子供を乗せることでカモフラージュ出来ると考えてのことだと思われる。

逮捕された志郎は身の潔白を主張したが、当然信用してもらえるはずもなく……。何せ、パスポートは父親が持っている上、このB国には密入国しているのだ。立場が悪過ぎた。

こうして、前田《まえだ》志郎は麻薬密輸容疑で収監されることになった。

そこは南米で最も劣悪な刑務所だった。

四方をコンクリートの巨壁で囲まれ、その上には銃火器で武装した看守たちが目を光らせている。もし、囚人に怪しい動きがあれば警告なしで射殺することだろう。

一方、中にいる囚人たちはどれもこれも強面《こわもて》でタトゥー塗《まみ》れ。そのほとんどがギャングや違法行為を生業にしている者たちだ。そんな連中が一ヶ所に詰め込まれているのだから、当然問題が起きないはずもなく。常に喧嘩《けんか》や諍《いさか》いが起き、時には死人も出ていた。

だが、看守側にとってそれはどうでもいいこと。囚人が塀の外に出なければ、内側のことなどどうでも良かったのだ。

ここは、法を犯した者たちが入れられているというのに無法地帯だったのである。

そんな地獄に志郎は放り込まれていた。この国では刑務所に収監されながら裁判が進められるためであるが、それでも十四歳の少年が入るところではない。だが、今の彼は年齢国籍不詳の謎の男である。仕方がなかった。

刑務所内の掃除もされていないような汚らしい廊下を進む志郎を、囚人たちが物珍しそうに見つめている。

「へ〜い、お嬢ちゃん、どこから来たんだ〜い？」

スキンヘッドの男がそう囃《はや》し立てると、彼らは笑って歓迎の意思を示した。勿論《もちろん》、いい意味ではない。この時、志郎の身長は既に百七十センチあったが、それでもここでは女の子と変わりはなかった。

可哀想《かわいそう》な志郎……。ベッドとトイレしかない監房に入った彼は、まるで捨てられた子犬のように部屋の片隅で身を縮めて過ごすのだった。

そしてその夜、早速洗礼を受けることになる。

深夜。多くの囚人が眠る中、志郎もまた疲れからか熟睡していた。

すると、突然押さえ込まれた！

「っ！」

ベッドに身体《からだ》を押し付けられ、口も塞がれる。強引に目を覚まされた彼は、何が起きたのか皆目見当がつかず。暗闇の中で見えるのは、すぐ目の前にある青い瞳だけ。

だから咄嗟《とっさ》に…………その目に親指を入れた。

指を突っ込んだのだ。素早く、躊躇《ちゅうちょ》なく、反射的に。そして、中の目玉を指で摩《こす》ると相手は「ひやっ！」と悲鳴を上げて離れた。そこにすかさず志郎の拳が相手の顔面を打ち、中足《ちゅうそく》が鳩尾《みぞおち》を蹴り飛ばす。忽《たちま》ち、相手を蹲《うずくま》らせた。

「ビックリしたな、もう……」

ベッドから悠々と身を起こす志郎に焦りはなし。その豪胆さと護身術は、父親とこれまでの経験から学んだもの。無意識に反撃出来るようになったのも、幾度も死地に放り込まれたからだ。

で、改めて状況を確認すると、床には囚人の男が一人蹲っているのだが……何故《なぜ》か、ズボンは下ろされ尻が丸出しになっていた。志郎がやったのではない。……となると、囚人自身で？ つまりは……。

「ゲイのレイパー……ゲイパーかよ!?」

志郎は犯され掛けたのである。尤《もっと》も、刑務所は禁欲を強いらせる場所故、同性に犯されるなんてこともよく聞く話だった。若いアジア人の少年なんて、彼らからすれば本当に女の子なのだ。だからと言って、志郎も犯されるのは御免被りたい。

「仕方ない」

だから、志郎は徐《おもむろ》に男の股間に手を伸ばすと……、

睾丸《こうがん》を。

握り潰した。

これもまた躊躇なく、二つとも。去勢すれば犯されることもないという、簡単に思い浮かぶ解決策である。されど、その痛みは想像を絶するもの。

「ああああああああああああああああああああああああああ！」

男の絶叫は棟内に響き渡り、目覚めた囚人たちが志郎の監房に寄ってくる。そこで彼らが見たものは、血の涙と血の小便を垂らしながら悶絶《もんぜつ》する男と、手を真っ赤にした志郎だった。

「ひでー目に遭った……」

アジアの子供が大の大人を平伏《ひれふ》せさせている光景に、囚人たちはただただ唖然《あぜん》。いや、一人だけ憤怒した者がいた。それは悶絶男の親友である。

「テメェ！」

有無を言わさず志郎に殴り掛かる親友。この地獄のような刑務所で心を通わせられる友は得がたい宝だったのだ。だが、志郎からすれば新たに現れたゲイパーにしか見えない。

志郎は冷静に男の顎にカウンターの掌底を食らわせ失神させると、倒れた相手のズボンの中に手を突っ込んだ。そして……、

「んごおおおおおおおおおおおおおおおおおおおおおおおおおおお！」

強烈な痛みで男の目を覚まさせた挙句、再び失神させてしまった。

「怖ぇ～。映画で見た通り、刑務所ってゲイパーばかりじゃねぇか」

怖い。怖いが、恐怖には散々馴《な》らされてきた。即決、即断で対応出来るようになっている。その流れるような去勢作業に、他の囚人たちは息を呑《の》んだ。しかし、それは別の意味も込めてである。やられた男は刑務所を締めるギャングの一員なのだ。

構成員に手を出した以上、死の報復は免れない。そして、それを強いらせようと迫る屈強な男たちの群れに、志郎の恐怖は極限に達した。

一方、ギャングのボスは己の監房でその報告を受けていた。どこから仕入れたのか分からないイタリア製の高級シャツを身に付け、これまたどこから仕入れたのか分からないスマホを弄《いじ》りながら部下からの知らせに耳を傾けている。

「今朝来たアジア人のガキが暴れてるんです。マルティネスの玉を潰しやがった」

「そりゃ威勢のいいガキだ。……で、ここで俺の許可なく暴れたらどうなるか、教えてやっていないのか？」

「も、もうすぐここに連れてきますんで……」

すると、言っている傍《そば》から志郎が来た。

一人で。

両手を血尿で真っ赤にしながら。

その異様な風体に、ボスも部下も絶句。だが、ギャングとしての面子《メンツ》がある。部下は慌てて志郎を取り押さえようとしたが、摑み掛かった両手を華麗に躱《かわ》されると、ズボンの中に手を突っ込まれた。そして……、

「あがあああああああああああああああああああああああ！」

悶絶。次いで気絶。床に這《は》い蹲《つくば》って泡を吹かされた。志郎もこの頃になると去勢に馴れ、

相手を気絶させることなく流れ作業のように握り潰せるようになっていた。

そして、その手の次の行き先ももう決まっている。

「お前がゲイパーの親玉か」

「う……」

「それじゃ親玉の玉も潰さないとな」

「ひぃ！」

志郎《しろう》の冷めた言葉に悲鳴を上げてしまうボス。ヤられる！　そう直感した彼は、迷わずベッドの隙間に隠していた拳銃を手にし、志郎に向け撃った！

……が、外れた。

外されたのだ。

志郎は向けられたのと同時に拳銃を摑み、力ずくで銃口の向きを明後日《あさって》の方向に変えたのである。麻薬カルテルを一瞬で制した父親仕込みの護身術だ。お陰で引き金に掛けていたボスの指が折れてしまったが、構わない。これからもっと恐ろしいことをするのだから。

拳銃を摑んだまま、空いた片手で相手のズボンのベルトを解く志郎。ボスが慌てて止めようとするも、志郎の手は素早く正確に睾丸を摑んだ。

そして、こう問う。

「アンタ、子供は？」

「む、息子が一人……」

「なら、もういらないな」

「やめっ……！」

…………ブチっ――。

その日、最後の絶叫が棟内に響き渡った。

その夜に玉を潰されたのは計二十四名。後に『鮮血の夜事件』と呼ばれるようになった悪夢の出来事である。

それ以来、志郎は女の子製造機『レディ・メイカー』と呼ばれるようになり、囚人たちから最も恐れられる存在になったのであった。


それから一週間が経《た》った。刑務所暮らしにも馴れた志郎は、この日もどこから仕入れたのか分からないフランス製の高級マットに寝そべりながら、これまたどこから仕入れたのか分からないテレビで時代劇『仙台黄門』を見つつ、これまたどこから仕入れたのか分からないカルベーのポテトチップスを食べていた。

すると……。

◇　◇　◇　◇　◇

「……すると、面会の知らせが飛び込んできたんだ。こんな国に知り合いなんていないから、やっと父さんが迎えに来てくれたんだとウキウキで面会室に行ったんだよ。けれど、そこにいたのはビシッとスーツで決めた二人のアメリカ人だった。彼らは米国の秘密組織の一員で、宇宙の脅威から地球を護《まも》るスーパーヒーローを集めていると言うんだ。それで……………………………………………ん？」

これまで饒舌《じょうぜつ》に話していた志郎が、急に口を止めてしまった。今になって気付いたのだ。対面の真璃《まり》の箸が止まっていることに。神面も不機嫌そうだ。というより、気分が悪そうである。

「どうした？」

「あのさ……。食事中に玉とか言わないでよ」

それは真っ当な抗議だった。可哀想な真璃。大好物のカレーすら食べられないでいる。

「だから、あまり話したくないなーって言ったんだよ。食事中の話題じゃないから」

「そんなの予想出来るわけないでしょ！　あー、もう、サ・イ・ア・ク……」

プンプンお怒りのお嬢様。可哀想な志郎。請われて喋《しゃべ》ったのに……と、消沈。

ただ、その後やってきた杏仁豆腐《あんにんどうふ》のお陰で、真璃の機嫌は大復活。注文しておいて良かったと、志郎は勧めた女将《おかみ》さんに感謝するのであった。

その後、三人が前田《まえだ》家に帰宅すると、志郎は早々と居間で寝転んだ。そして、こう言った。

「じゃあ、寝るか」

「いやいや、早過ぎでしょう！」

神面を外しながら突っ込む真璃。まだ午後八時前である。

「だって、食欲なくしたお前の分まで食べたんだぞ。腹一杯で死にそうだ……」

「ヤダヤダ、折角の機会なんだからもっと色々話そうよー。恋人同士なんだからー」

「喋るのも辛《つら》いんだよ……」

そこで心優しい直《なお》が神面を外しながら一つ提案を。

「それじゃ、映画でも観《み》ながらゆっくりしようか？　それならお腹《なか》も楽でしょう？」

「直……。お前って本当、恋人を気遣えるいい女だよなー」

「フフ、ありがとう」

笑顔で褒める志郎に、笑顔でお礼を言う直。そして、その様子をしかめっ面で見つめる

真璃……。

ただ、問題はその映画を観られるかどうかだ。直が確認する。

「で、志郎んちって映画観られるの？　ネットには繋《つな》がってるんでしょう？」

「おう、なんか映画観放題的なプランにも入ってるぞ。本当、こんな離島でも色んな映画が観られるなんて、インターネットって便利だよなー」

古い家であるが、テレビは引越しに合わせて買った大型の新しいものである。

「恋愛モノにしようよー。カップルが観るのに最適でしょう？」

真璃がポテチ（のりしお）の袋を開けながら提案した。……が、

「つまらなそう」

志郎は嫌そうな顔で拒否した。

「何で!?　私たち恋愛してるし、丁度いいじゃん」

「何で他人の恋愛模様なんか観なきゃならないんだ。興味ないよ」

「えー……。じゃあ、ラブコメモノとかも嫌い？」

「嫌いだね。例えば、主人公の男がへな猪口《ちょこ》過ぎるところとかな。ヒロインと友人以上恋人未満の関係を長々と続けてさ……。とっとと告白しろよって思うわ。それを何十巻にも亘《わた》って続けるんだから付き合い切れなくなる。もし、俺がラブコメラノベの主人公なら、最初の一巻で告白するね」

「まぁ、志郎はそうかもね……」

そう言われると……と、真璃も一定の理解を示す。

「なら、ホラーモノにしようよー。カップルが観るのに最適でしょう？」

直がポテチ（うすしお）の袋を開けながら提案した。……が、

「え？　嫌だ！」

志郎は心底嫌そうな顔で拒否した。

「何で!?　暑くなってきたし、丁度いいじゃん」

「何で自分から恐ろしい目に遭わなきゃならないんだ。怖いよ」

「えー……。男でしょうー」

「散々リアルで恐ろしい目に遭ってきたのに、わざわざ映画でまで怖い目に遭いたくはない！」

「まぁ、志郎はそうかもね……」

そう言われると……と、直も一定の理解を示す。ただ、彼女の業はわりかし深い。

「直って、ホラーどころかグロとかスプラッターモノまで大好きなんだよ」

「何ぃ!?　何てことだ……。俺はとんでもない女を愛してしまった……」

真璃の補足で、志郎は堪《たま》らず己の運命を呪うのだった。

「ちょっと、大袈裟《おおげさ》過ぎ。それじゃ、志郎の希望は何？」

「俺か？　そうだなー……。俺はドル箱三部作がいいなー」

「『ドル箱三部作？』」

「セルジオ・レオーネ監督、クリント・イーストウッド主演の西部劇だよ。誰もが認める名作だ。知らないのか？」

「知らない。いつの作品？」

「一番最初の『荒野の用心棒』が一九六四年だったかな」

「古っ⁉　戦前じゃん！」

「戦後だよ！」

直の突っ込みに志郎は突っ込み返し。

「白黒映画なんて観れないよー」

「カラーだよ！」

真璃の突っ込みにも志郎は突っ込み返し。どちらにしろ、若い女の子の受けは良くないようだ。

結局、何を観るかはジャンケンで決めることになった。志郎としては、とにかくホラーという最悪だけは避けたいところ。意を決して勝負に挑む。

その結果……、

「よっし！　じゃあホラーね」

最悪となった。声を上げて喜ぶ直を尻目に、真っ青な顔を晒《さら》す志郎と真璃。以前、真璃が深淵《しんえん》でちんざいさまに会った時の怯《おび》えぶりから分かるように、彼女も怖がりである。かなりの怖がりだ。

勿論《もちろん》、長い付き合いの直もそのことは知っているが、勝負とは非情である。怖気《おじけ》づいているライバルを他所《よそ》に、「何にしようかなー」とテレビに映る番組表を見ながらリモコンを操作していた。ただ、恋人の気持ちは尊重するつもりである。

「それじゃ、志郎が苦手なものは避けるよ。ホラージャンルで特に苦手なものって何？」

「特に苦手か……。うーん、そうだな……ゾンビモノかな。実際に襲われたから」

「え？　ゾンビに襲われたの!?」

「テキサスにいた頃にな。ひでー目に遭った」

「その話、聞きたい」

「お腹が一杯で喋りたくないんだけど……」

「聞きたい！」

グイグイ迫るホラー好き少女。そういえば、刑務所の玉潰しの話をした時も真璃と違って彼女の食欲は落ちていなかった。既に、恋人を気遣う気持ちなどどこかへ行ってしまったよう。

気が乗らない志郎。されど、ゾンビ映画を避けるためにも渋々ながら物語ることにした。

「そうだなー……。ちょっと嘘《うそ》も交ぜるけどいいか？」

「うん！」

「これは『テキサス・エイリアン・ロデオ』の取材のために、テキサスへ行った時の話だ」

◇　◇　◇　◇　◇

一年半前――。

前田志郎《しろう》は父又衛門《またえもん》と共にアメリカ・テキサスの田舎町にいた。年代物の木造建築が建ち並ぶ人影も疎《まば》らな半ゴーストタウンである。町の周囲には延々と荒野が広がるのみで、幹線道路から外れたここは陸の孤島となっていた。正に、ドル箱三部作に出てくるような西部劇の世界である。

そして、前田親子は町の外れにある一戸建ての民家を借りて三人暮らしをしていた。中々ボロい建物だが、一時的な住まいにするのなら問題ない。

因《ちな》みに、三人とは志郎に又衛門……そして宇宙人である。

その日の朝も、志郎はキッチンにて鼻歌交じりで朝食を作っていた。この時、十五歳。

メニューはアメリカらしくパンケーキ。慣れた手つきで生地をフライパンで焼いている。

それを横からウズウズしながら見ているのが、宇宙人の『☆◎◆＃＠』である。

その外見は腕が五本に、足は三本、尻尾は二本。頭は長く、目と口は一つずつだが、額に謎の器官が付いている。肌は硬いが一部毛が生えており、身長一六〇センチと小柄ながら体重は二百キロもあった。地球上の生物のどれにも似ておらず、性別すら不明である。前田親子と生活するようになったのも、彼が乗ってきた宇宙船が壊れて不時着したことからだった。

「座って待ってろよ、☆◎◆♯@。横にいられると気になる」

「□仝〒∋○⊥」

「心配するなよ。ちゃんとでかいの焼いてやるって」

しかも、☆◎◆♯@が発する言葉は地球人には到底理解し難いものである。ただ、最初に出会った地球人が異文化に対して素養のある前田親子だったのは、彼にとって幸運だった。志郎たちも一緒にいるうちに言葉を理解出来るようになり、☆◎◆♯@の名前だけは発音出来るようになっていた。

「それより、宇宙船は直せそうなのか？　いつまでも地球にいるわけにはいかないだろう？」

「Δ※▲&¥／♭♪♯◎」

「はぁ？　なら、どうやって帰るんだ？」

「θ┼★ф$○▲▲∀☆⇔☆」

「ふーん。で、その迎えはいつ頃になりそうなんだ？」

「∋∧∂∀≡☆□■〒↓」

「はぁ!?　ずっと先じゃねーか」

「※◆□●Ж Ω ヰ▼」

「それならいいんだけどさ。しかし、宇宙かー。俺も一回ぐらい行ってみたいな」

……………………と、一瞬思ったけど、どうせ碌《ろく》な目に遭わないだろうからやっぱり行きたくないな」

「§△∩⊥○（┴○╋▼┳」

「何言ってんだよ。実際、お前だって地球で遭難という酷《ひど》い目に遭ってるじゃないか」

「◆⊇◎♀‖±∞Θ」

「……フフ、そうだな。俺もお前に会えて嬉《うれ》しいよ。よーし、焼けたぞ」

そしてパンケーキの出来上がり。美味《うま》そうな匂いが☆◎◆♯@を喜ばせる。

その時だった。玄関の扉を乱暴に開ける音がした。父は外出中だったが、彼の仕業とは思えない。志郎はそのフライパンを持ったまま玄関を覗《のぞ》いてみる。

すると、そこにいたのは見知らぬ男。足元はふらつき、目の焦点は合っていない。口から涎《よだれ》まで垂らしているし、呻《うめ》き声《ごえ》まで上げていた。明らかに尋常ではない。

「あの……どちらさまで？」

志郎がそう問うと、男はその声に反応したかのように志郎を見た。次いで……飛び掛かる！

「うおっ!?」

怯《ひる》む志郎に嚙《か》み付くべく牙を向けてきたのだ。

尤《もっと》も、結果は逆だったが。

志郎の後ろにいた☆◎◆♯@が、咄嗟《とっさ》に二本の尾を伸ばし男を引き裂いたのである。間一髪である。

「サンキュー、☆◎◆♯@。危うくフライパンで殴り掛かってパンケーキを駄目にするところだった」

「□●□○□？」

「多分、ジャンキーじゃないかな？　アメリカって怖いところだわ。取り敢えず飯にしようぜ」

その後、二人は何事もなかったかのように朝食にありついた。……が、また異音が聞こえてきた。今度は家の外からである。銃声だ。

「うん？　銃声が聞こえるな」

「£♂◇＊」

「まぁ、ここはテキサスだからな。可笑《おか》しいことじゃない」

その上、猛スピードで走る車の音まで。しかも、近づいてきたかと思えばこの家の前で止まったではないか。訝《いぶか》しげに窓からそれを見ていれば、車から降りてきたのは又衛門。

「ただいま〜」

彼は玄関にあった死体に見向きもせず、いつもの調子で家に入ってきた。だが、志郎が気になるのはその平然ぶりより車のことだ。前田《まえだ》一家は車を所持していないはず。

「外の車、どうしたの？」

「ちょっとな。それより、町が大変なことになっているぞ。ゾンビで溢《あふ》れ返っている」

「ゾンビ？　あの動く死体的な？」

「そうそう、儂《わし》も襲われてな。四、五人返り討ちにした後、車を奪って帰ってきたんだ」

「え？　それじゃ窃盗罪で警察がやってくるんじゃ……」

「大丈夫、持ち主は既にゾンビになっていたから」

「なら、安心か」

警察沙汰にはならないようで、志郎は一安心。テーブルに着いた父に朝食のパンケーキを出した。実際、又衛門も歯牙にも掛けていない。

「それに警察もゾンビ退治で大忙しだ。……と言うより、警察署もゾンビに襲われて壊滅していたしな」

「じゃあ、玄関のアレもゾンビだったのか。……もしかしてヤバイ状況？　外の車で逃げる？」

「いや、アレはパンクしててもう走れそうにない。帰る途中もゾンビを轢《ひ》いたからな」

「どうするの？」

そこに、再びあの呻き声が外から聞こえてくる。☆◎◆＃＠が窓の外を覗けば案の定ゾンビだらけだ。

「□◇◆◇＃┼┼＠！」

「取り敢えず迎え撃つしかない。志郎、☆◎◆＃＠、武器を取れ」

「武器って、ウチに銃なんてあった？」

「ここは銃社会の中の銃社会、テキサスだぞ。家を借りた時に一緒に付いてきた」

そう言いながら又衛門がリビングの床板を引っぺがすと、床下には山盛りの武器があった。

「おお！」

志郎、その助け舟に興奮。……が、よく見ると何か違和感がある。手に取ってみても、やはりそれを拭えない。何と言うか、思っていたよりレトロだった。凄《すご》く細長い銃で……。

又衛門が序《ついで》にこう言い添える。

「エンフィールド銃だ。南北戦争時代のものだろう」

「古っ！　南北戦争って江戸時代じゃんか！」

「まぁ、古い家だからなー。大丈夫、日本人も戊辰《ぼしん》戦争で使ってたから。ほら、弾を込めろ」

「前装式かよ！」

急いで銃口から弾を入れる志郎と又衛門と☆◎◆♯＠。だが、人間を辞めたゾンビたちに空気を読む力はない。志郎たちの準備も待たずに、続々と家の中に入ってきた。

それでも、三人は冷静に装塡を終えると、すかさず構え、躊躇《ちゆうちよ》なく一斉射撃を浴びせる。先頭のゾンビ二人の脳天を撃ち抜いて絶命せしめた。

「よっし！」

手応えを感じ取る志郎。百五十年以上前の銃でも使い物になった。……と、初めは思ったが、

「ヤバイ、弾込めが間に合わない！」

すぐに思い直す。次弾を込めている間に次のゾンビが迫ってきたのだ。エンフィールド銃は一分間に二、三発しか撃てなかったのである。仕方なく銃床で殴り応戦する。

「志郎、これを使え！」

そう言って又衛門が投げ渡してきたのは、同じく床下に仕舞われていた士官用のサーベル。

志郎も昔、剣を使ったことがある。素早く鞘《さや》からそれを抜くと、瞬く間にゾンビの額を

裂いてみせた。されど、一撃必殺とならず。

「うっ……切れ味悪い」

当然である。百五十年以上前の手入れされていない剣なのだ。しかし、手段を選んでいる余裕はない。そのなまくらで必死に防戦し続けた。

「よし、志郎、どっちが多く討ち取るか競争だ」

又衛門が手斧《ておの》でゾンビの頭をかち割りながら言った。

「ちょ、ずるいぞ！　こっちはなまくらなのに！」

明らかなハンデに不満噴出の志郎。だが、それが隙となる。

「うわっ！」

ゾンビの一人に首元を噛まれたのだ。慌てて引き離すも、首元には牙の跡がくっきりと残っている……。

「か、噛まれた！　ヤバイ!?」

ゾンビに噛まれればゾンビになる。それがゾンビ界のルールだ。しかし、その息子の危機にさえも父は冷静である。

「大丈夫だ、志郎。お前はゾンビにはならん」

「父さん……」

「その前に儂の手で葬ってやる」

「なんだとぉぉぉぉぉぉぉぉぉ!?」

そして、手斧を構えながら息子に迫った。

「∞、∞◇‰×∀Å§■±！」

「止めるな、☆◎◆♯@。これは親としての役目だ。愛する息子を醜いゾンビなどにさせて堪《たま》るか」
☆◎◆♯@の制止も聞かない。ならば、志郎《しろう》が選ぶ道も一つしかない。
「こっちこそもう我慢の限界だ。今日こそクソ親父《おやじ》を討って独り立ちする！」

息子もまた、父に剣を向けた。

「笑止！　小童《こわっぱ》が儂に勝てると思うな！」

「うおおおおおおおお！」

キンキンキンキンキンキンキンキンキンキンキンキンキンキンキンキン！

激しい打ち合いを始める親子。一人でゾンビの相手をしている☆◎◆♯@を他所《よそ》に、二人は部屋中を走り回りながら殺し合いを始めた。

「ええい、邪魔だ！」

又衛門《またえもん》、目の前を掠《かす》めたゾンビにイラつき、その頭を素手で殴って破裂させる。もう五十歳間近だが、そのパワーは未《いま》だ健在だ。

「死ね、志郎！」

そして、そのパワーをもって手斧を振り下ろす。咄嗟にサーベルで受ける志郎だったが、細い刀身は簡単に圧《へ》し折られてしまった。

だが、戦意までは折られていない。

「なんの！」

志郎は次の攻撃を躱《かわ》すと、短くなった剣を投げつけながらイス、テーブルの上をバッタのように跳んで距離を開けた。

「怪人バッタ男め！」

苛《いら》立《だ》つ又衛門。志郎が天井のシーリングファンにぶら下がって更に距離を置こうとしたところを、手斧を投げつけそれを破壊。志郎に床に尻餅をつかせる。

「くたばれ！」

更に、又衛門が追い討ちとして放つは、ゾンビの頭蓋骨をも砕く剛拳。志郎が身を翻して躱すと、床に大穴を開けた。

そこに志郎はすかさず反撃の蹴りを又衛門の頭部に食らわす！……も、苦痛で顔を歪《ゆが》めたのは志郎の方。又衛門の頭は太い首のお陰でビクともしていなかった。

「儂をトランシルヴァニアの吸血鬼やアマゾンの半魚人如《ごと》きと同じと思うな！」

そして志郎を摑《つか》み上げると、軽々とキッチンへ投げ飛ばした。

カウンターに叩《たた》きつけられて「ぎゃんっ」と悲鳴を上げた志郎。苦し紛れに傍《そば》にあったナイフやフォーク等を投げつけるも、又衛門に悉《ことごと》く躱される。挙句に、最後に投げた包丁を指二本で挟んで止められると、そのまま投げ返されて頬を掠めさせられてしまった。

切られた頬から血を流す息子は、父の強大さを思い知る。

豪腕。強烈。独裁。人が自分の生き様を貫くためには、圧倒的な力と自負が必要だ。前田又衛門には見事にそれが備わっていた。志郎も父が父たる所以《ゆえん》をその身をもって思い知らされる。

「どうした？　志郎。そんなものか？　儂の屍《しかばね》を越えてゆくのではなかったのか？」

「くぅ……」

しかし、一度燃え出した若者の大志は、決して消えはしない。

「もう秘境暮らしは真っ平だ！　俺は……俺は父さんを倒して、夢の大都会東京へ行くんだ！」

心魂を込めた拳を握る両者。息子もまた拳を作ったのは、父の剛拳を超えてみせるため。

既にゾンビたちを退治し終えた☆◎◆♯＠が見守る中、志郎は独り立ちを賭けた決戦に挑む。

「うおおおおおおおおおおおおおおおおお！」

「でりゃあああああああああああああああああ！」

二人の熱い拳が、今交わる！

と、その時だった。

「「うん？」」

外から聞こえてきたこれまでとは違った音に、二人とも拳が止まってしまった。それはプロペラの音……。ヘリコプターの音だ。

志郎が外を窺《うかが》えば、空を舞っているのはアメリカの軍用ヘリコプター『UH－60ブラックホーク』。それが、強力な機関銃をもって地上のゾンビたちを一掃していた。

「父さん、軍隊だ！　アメリカ軍が助けに来てくれたんだ！」

「アメリカ国内だから州兵じゃないのか？」

「どっちでもいいよ。U・S・A！　U・S・A！　U・S・A！」

歓喜の声援を送る志郎。更にその上空では輸送機らしきものが飛んでいるのも見えた。

恐らく生存者を救出しに来たのだろう。志郎はそう思った。

けれど、違った。

「うん？」

その輸送機から何かが投下されたのだ。

そして地上にぶつかる寸前で、それは……破裂した。

閃光《せんこう》。

衝撃。

灼熱《しやくねつ》。

この一帯を破壊の波が覆い尽くす。

「うわあああああああああああああああああああああああああ！」

志郎の目の前は真っ白になった。

そして周りも…………………。

全てが…………………。

消えていく……。

………………。

…………。

……。

◇　◇　◇　◇　◇

「と、いうわけで、ゾンビモノの映画を観ると、父さんに手斧で襲われたことを思い出すんだよ。これまでも色々死に掛けたけど、あの時は手も足も出なくて本当恐ろしかったなー」

そう辟易《へきえき》しながら、志郎は昔話を締めるのだった。これが彼のゾンビ映画嫌いの理由。

黙って聞いていた真璃《まり》と直《なお》は、その内容につい顔を見合わせてしまう。

色々言いたいことがある直だったが、大人びた性格故、敢《あ》えて口にはせず。それでも、これだけは言っておきたかった。

「志郎って……何だかんだっておじさんと仲がいいよね」

「……うん、そうかもな」

一方、幼い真璃の方は訊《き》きたいことばかりだった。

「それでそのテキサスの田舎町、どうなっちゃったの？」

「アメリカ当局の発表では竜巻によって壊滅したらしい。ただ、一部のネットオタクたちは、当時は晴天で竜巻は起こり得なかったと反論してて、実はアメリカ政府が気化爆弾を落として消滅させたなんて陰謀論を提唱しているよ。まぁ、一般人は誰も相手にしていないけどな」

「そもそもゾンビが発生した理由って？」

「うーん、父さんの予想では☆◎◆＃＠が乗ってきた宇宙船に付着していた宇宙細菌スペースウィルス、略して『Sウィルス』が人に感染して引き起こしたんじゃないかってことだけど……。ただ、知っての通り父さんは文系だからなー。真相は闇の中だ」

「最後に一番気になっていること……。ゾンビに噛《か》まれたけど大丈夫だったの？」

「あー、あの後も特に何も起きなかったな。大丈夫だったんだと思う。……多分」

ともあれ、無事で何よりである。まだまだ突っ込み足りない真璃だったが、切りがないのでここで締め括《くく》った。

そういうわけで、直は志郎を気遣ってゾンビ以外の作品を選ぶことにするのだった。ただ、どれもピンと来ないよう。

「ホラーって当たり外れが大きいのよねー」

と、画面を注視していると、ふとテレビの棚の横に立て掛けられている一本のＤＶＤケースに気付いた。手に取ってみればホラー映画のようだ。

「志郎、これは？」

「うん？　いや、分かんない」

「おじさんの？」

「いや、本当に知らない。今、初めて見た。父さん、こんなの持っていたかな？」

志郎も初見のＤＶＤだった。『顔のない島』というタイトルの古めのジャパニーズホラーのようだ。ＤＶＤカバーはシンプルで、裏もあらすじぐらいしか書かれていない。ホラー好きの直も聞いたことのない作品である。

「折角だからこれにしよう」

これも何かの巡り合わせであると、彼女は再生機に入れた。

それが曰《いわ》く付《つ》きの映画だとは知らずに……。

遂《つい》に始まる映画鑑賞会。菓子は万端。飲み物も万端。その上、明かりも消して超万端。

「ちょっと、何で部屋の明かり消すの？」

「そっちの方がムードが出ていいじゃん」

不満な真璃だったが、勝者の意向には逆らえず。そして真璃の覚悟が決まる前に、直は再生ボタンを押した。

おどろおどろしく始まる映画。真璃は怖いくせに……いや、怖いからこそその画面を凝視してしまった。始まってまだ何も起きていない日常場面すら気味悪がり、「うぅ……」と小さな声を漏らしてしまっている。堪らず、画面を凝視しながら右隣の志郎に手を伸ばした。……ら、彼はテレビに足を向けて仰向《あおむ》けで寝ていた。

「ちょっと、寝てやり過ごすなんてずるい……」

「腹一杯で眠いんだって」

小さな声で叱責する真璃に、小さな声で答える志郎。しかも、よく見れば彼の右腕は直に腕枕をしてやっているではないか。添い寝である。

「ちょっと!?　腕枕なんてずるい！」

「上映中はお静かに」

大きな声で抗議する真璃に、小さな声で答える直。こうなると、やらずにいるのは勿体《もったい》ない。真璃も空いている左腕に頭を乗せた。

「おぉ……」

夢の一つだった恋人との添い寝が実現し、感動の声を上げてしまう。尤《もっと》も、もう少しロマンチックにこうなりたかったところだが。

ただ、テレビに視線を戻せば、そんなウキウキ気分はすぐに消え去る。

映画のタイトルは『顔のない島』。そのあらすじは左記の通り。

大学生の主人公たちが卒業旅行で赴いたのは、排他的な島民たちによって独特の風習が護《まも》られてきた孤島。その風習の最もたるものが、仮面を付けた白い着物の女を神様として祀《まつ》っていることだった。だが、その話を聞いた主人公たちは、興味本位でその禁忌に触れようとする。そして、報いとして嘗《かつ》てない恐怖を味わうことになるのだった……。

この神面島で観るには最適の作品だろう。

「うわぁ……。何でそんな怪しい島に行くのよ」

能天気に島へ向かう主人公たちを見て、真璃は苦々しい顔でぼやいた。

「うわぁ……。何でそんな排他的なのよ」

そんな主人公たちを訝《いぶか》しむ島民たちを見て、真璃は苦々しい顔でぼやいた。

「怖い……怖い……怖い……怖い……怖い……」

仕舞いには、主人公たちが泊まったロッジの蛍光灯が不気味に点滅するだけで、真璃は悲痛な顔で連呼してしまった。

呆《あき》れた直の「真璃、うるさい」の叱責で口を噤《つぐ》むも、代わりに志郎《しろう》の身体《からだ》にしがみ付く。

不気味な場面が出る度に、顔を彼の肩に埋《うず》め目を逸《そ》らした。

そして見せ場である、社《やしろ》に侵入した主人公が鎮座している女の仮面を取るシーンになると、彼女の恐怖は最高潮に達する。主人公が仮面に手を付けた瞬間、真璃は再び顔を埋め……その後は二度と画面を見なかった。主人公の悲鳴を子守唄にして……。

……。

……。

それからどのくらい経《た》っただろうか。暗闇の中、志郎が目を覚ました。この男、あろうことか開始十五分で眠ってしまっていたのだ。

テレビを見れば、映画は既に終わっており画面は砂嵐になっている。次いで両脇の恋人たちを見ると、二人ともスヤスヤと眠っていた。腕ではなく肩の上に頭を乗せてくれていたのでハネムーン症候群にもなってはいない。

それでも布団の上で寝直したいところ。志郎は安眠している彼女たちを起こそうと、左手で真璃の背中を優しく擦《さす》った。……ただ、何やら異様に柔らかい。弾力もある。

「っ！」

尻だ。触っていたのは尻である。真璃がしがみ付くように寝ているため、腕を曲げられる角度的に、そこしか触れられなかったのだ。だから仕方がない。仕方がないので……触り続けた。

　これは安眠出来るようあやしているのである。断じて下心からではない。しかし、真璃にだけしてあげるのは不公平というもの。彼はもう一人の恋人にも手を伸ばした。直の脇の下に腕を潜《くぐ》らせ、その豊満な胸を優しく摑《つか》む。

　左手で真璃の尻を撫《な》で、右手で直の胸を揉《も》む。二人とも実に気持ち良さそうに熟睡しているので、志郎も触り甲斐《がい》があった。

　至福の時。眠っている二人も愛する人とイチャつけて喜んでいることだろう。志郎はそう言い訳して欲望に浸っていた。

　しかし、邪《よこしま》な行いは邪なモノを引き寄せる。

　テレビを漠然と眺めながら揉み続けている志郎だったが、ここであることに気付いた。

今時のテレビに砂嵐なんてあるのか？　と。

　そして、その画面を凝視していると…………顔が浮かび上がってきた！

　否、仮面だ。

　仮面の女だ。

　それがテレビの中から這《は》い出てくる。映画に出てきた着物を纏《まと》った仮面の女が、志郎の目の前に現れたのだ。

その仮面は神面と違って不思議な感じはしない。ただ、リアルだった。本物の人間の顔のようなリアルな造りだったのだ。それがより不気味に感じさせる。

迫る女を見つめる志郎。明らかに宜《よろ》しくない存在なのに、彼は逃げることもせず、ただただ見入っていた。

やがて、女は志郎に覆い被《かぶ》さるように四つん這いになった。目と鼻の先に迫る仮面。

「ワたしヲ……イっショ……ズッといッしョ」

発する声は人のものではない。

そして、女はゆっくりと仮面を外す……。

「コのおヤしろデ、シンだアトもズッと……」

現れたのはギョロっと引ん剝《む》いた目に、削《そ》がれたような鼻、歯茎を剝き出しにし耳元まで裂けた口という、この世のものは思えない醜い顔だった。

だが、志郎は見つめ続けている。

凝視している。

ずっと。

さっきから。

目が離せないのだ。

その…………胸から。

この女、着物からはみ出そうなほどの巨乳だったのだ。

「っ！」

女の方もそれに気づき、志郎の両頬を摑み自分の顔を無理やり見させようとする。されど、彼は頑《かたく》なに胸元から視線を外そうとはせず。何せ、着物の下には下着など着けておらず、目を凝らせば乳首すら透けて見えそうだったのだ。しかもこの男、その間ですらも真璃の尻と直の胸を揉み続けていた。

そのことにも気づいた女は怒りを通り越して呆れてしまう。だが、志郎の欲はそれだけでは収まらず。何と、彼は唯一空いている膝で四つん這いになっている女の股間まで擦《さす》ってきたのだ。これにはもう、その呆れすら通り越して激高である。激高！

「サッイテー！」

ビンタ！　ビンタ！　ビンタ！　ビンタ！　女は感情に身を任せて、志郎の両頬に往復ビンタをかました。

片や、志郎は男らしくそれを無防備で受け続けていた。何せ、二つの手は揉むのに忙しかったから。

結局、彼はそのビンタで気を失うまで己を貫いたのである。

それを見届けた女はその醜い顔を仮面のように外して、美しい真実の素顔を晒《さら》すと……、

「死ね、ボケ！　アンタ、父親そっくりね！　変態親子！　ファック、ファーック！」

それに反した汚い暴言を流暢《りゅうちょう》に吐いて、プンプンと怒りながら前田《まえだ》家を後にしたのだった。

残されたのは、熟睡中の乙女二人と失神中の変態一人。彼らは怪奇現象など露知らず、それはそれは幸せそうな寝顔を晒すのであった。


同じ頃、スナック夢では大夢《ひろむ》と文《ふみ》のコンビがカウンターの端で一杯やっていた。

「ったく、今回の海水浴作戦は大失敗よ。私の水着姿で志郎の心をガッツリ掴むつもりだったのに、真璃《まり》と直《なお》も張り切っちゃってさ……。まさか、あの二人も志郎を狙ってるんじゃ……」

ビールを呷《あお》りながら愚痴る大夢。因《ちな》みに、今回は店員としてカウンター内にいる。

「どうだろう？」

「文ももっと積極的にならないと」

「分かってるけど……。やっぱ急に水着はハードルが高過ぎるよ」

「まぁ、どちらにしろ今回は真璃と直が邪魔だったわ。次はあの二人抜きの作戦を考えないとね」

大夢と志郎の間柄はまだクラスメイト程度だ。一緒に遊ぶのも今回が初めてで、彼だけを海水浴に誘うのは難しかった。

しかし、これで次は彼だけを誘う下地が出来たはず。邪魔者がいなければ必ず落とせる。彼女には自信があった。

ただ、一つ気になることもあった。

「どうしたの？　文」

文である。陰鬱なのはいつものことだが、今日は別種のものを感じ取っていたのだ。

「あ……うん、その……」

もじもじしてハッキリせず。されど、誤魔化すのも苦手である。彼女は意を決してその心の内を明かす。

「私……志郎くんのこと……好きかも」

「はぁ!?　何で!?」

「いや……その、何となく……。男子とあんなに話せたのも久しぶりだったし」

「もしかして、アレ？　長年、女と無縁だったオタクが女子にちょっと話し掛けられただけで惚《ほ》れちゃうってヤツ。それの女番？」

「う……」

図星だった。文自身、その通りだと思った。けれど、一度燃え上がった乙女心は止められやしない。大夢も彼女がここまで熱し易《やす》いとは思わなかった。

「ちょっと、困るよー。志郎は私がゲットするんだから。ライバルはいらないって」

「分かってるよ。でも、そう思っちゃったんだから仕方ないじゃん」

「うーん。じゃあ、私がゲットしたらたまに貸してあげるよ。それでいいでしょう？」

「えぇ……。うん、まぁ……」

そのとんでもない案に、文も一先《ひとま》ず妥協。初めに言い出したのは大夢だし、そもそも彼女自身には告白する度胸などなかった。

こうして、文は己の不甲斐なさのせいで損な人生を送っていることに、大いに苦悩するのであった。

しかし、今日の海水浴には行って良かったとも思っている。何せ、あんな体験が出来たのだから。

「けど……あれは凄《すご》かったね」

「あれは凄かった……」

文の感嘆に大夢も共感。志郎がサメを担いで海から出てきた光景は、今も二人の脳裏にくっきりと焼き付いていた。

あのダビデ像のような凜々《りり》しい姿が、乙女たちを未《いま》だ興奮させていたのだ。

第四話　恋人たちの家

翌日。この日は貨物船の入港日である。放課後には、志郎《しろう》が直と共に学校からの帰路ついでに買出しのためスーパーへ向かっていた。ただ、何故《なぜ》か彼はちょくちょく頬を擦《さす》っている。直もそれを不思議がった。

「ほっぺ、どうかしたの？」

「いや……。朝起きたらヒリヒリしてたんだよ。昨夜に何があったか全然覚えてないし……。お前、叩《たた》いてないよな？」

「そんな寝相悪くないわよ」

「じゃあ、真璃かな？　まぁ、いいや」

因みに、いつも一緒にいたがる真璃だが、今回は同行していない。前日、志郎の家にお泊まりしてしまったため、祖母の機嫌を損ねないよう早々と帰ったのである。

「今日は入港日だからな。父さんがいないから、俺がスーパーへ行かないと」

「週一回の書き入れ時だからね。混んでるわよー」

その途中では、同じく港へ向かう人たちも見掛けた。彼らの用はスーパーだけではなく、船で運ばれてきた荷物の受け取りや発送などもある。入港日は内地と繋《つな》がることの出来る唯一の時間なのだ。

そして、港に差し掛かればその船が見えてきた。

貨物船『みかん丸』。港に係留されている約五百トンのその船は、貨物船の中では決して大きいとは言えないが、それでも間近で見れば威容を感じられた。まるで、島民の命を担う使命を誇っているかのように。

「立派なもんだ」

志郎は傍《そば》まで寄ってみかん丸を見上げた。ところどころ剝げている船体は、休まず働き続けた証《あかし》である。

すると、直が船のタラップにいる人たちの元へ走り寄っていった。親しげに話している様子から、志郎も凡《およ》そを察する。

彼女の手招きで赴けば、やはりその予想通り。

「紹介するね、私のお父さんとお母さん」

直の両親である。二人とも三十代後半のようで、船長の父親は海の男らしく筋肉質の逞《たくま》しい外見。母親は髪の長さがミディアムなこと以外は娘に似て美人だった。……いや、反対か。

「直からよく聞いてるよ。いつも世話になってるようで」

「とんでもないです。こちらこそ、直ちゃんにはよくしてもらってます」

直父の挨拶に志郎も礼儀正しく応えた。普段は自由気ままな彼もちゃんと分別を弁《わきま》えているのだ。

恋人に対する両親の第一印象は悪くなさそう。そう安堵《あんど》した直はあることを思いつく。

「そうだ、今日の夕飯に志郎も誘ったら？　今、おじさんいなくて一人なんだって」

「っ！」

いきなりの提案に、志郎は顔色を変えずに驚いた。つまり、恋人の両親との顔合わせである。そういうことは前もって言っておいて欲しい。

「いいわね。滅多に顔を合わせられないし」

一方、直母は賛成。勿論《もちろん》、直父も。

「そうだな。今夜、我が家はすき焼きなんだ。大勢でつついた方が楽しいしな」

「そういうことなら、是非」

尤《もっと》も、いつかはしなければならないことでもある。志郎も試練事には慣れているので、早々と覚悟を決めた。


その夜、坂崎《さかざき》家は久しぶりの賑《にぎ》やかさを取り戻していた。リビングのテーブルにて、和《わ》気《き》藹々《あいあい》とすき焼き鍋を囲う四人。それを先導するのは、家の大黒柱の直父だ。

「さぁ、食べた食べた」

自ら鍋にガンガン肉を投入する。お陰で鍋一面、赤と茶色だ。神面を付けたままの直が不満を漏らす。

「ちょっと、お父さん。肉ばかり入れないでよ。白菜としらたきを入れる隙間がないじゃん」

「何を言ってる。すき焼きと言えば肉だろう。千屋牛《ちやぎゅう》だぞ。千屋牛！」

そう答える直父は中々気さくなタイプのよう。これなら志郎も親子の会話に交じれそうだ。

「千屋牛って初めて聞きましたけど、凄く美味《うま》いですね。俺、お気に入りになりました」

「流石《さすが》、文豪の息子なだけあって良い舌をしてるな。千屋牛は岡山県の名産で、元々宇喜《うき》多《た》家の出身地なこともあって手に入れる機会があるんだ」

更に、直母も気を遣って話し掛けてくれる。

「志郎くんも今一人で大変でしょう。食事とか大丈夫？」

「平気です。一人で生活するのは慣れているので。直にも色々助けてもらってるし」

「直にも一人暮らしを強いらせちゃってるしね……。どう？　寂しくない？」

「全然。もう慣れちゃったから。一人の方が気楽でいいし」

母の心配は無用と娘は平然と答えた。……が、

「だけど、やっぱりいつもより楽しそうだよな」

「ちょっと！　もう……」

志郎にそうバラされるとその場に笑いが起きた。直は気恥ずかしさを隠すため、別の話

題を振る。

「志郎、そういえば昨日の『顔のない島』、オチどうなったの？」

「え？　お前も最後まで観《み》てないのか？」

どうやら、彼女も寝落ちしていたようだ。まぁ、真っ暗な中での鑑賞なのだから仕方ないが、まさかそれを提案した本人まで寝てしまうとは。それほど退屈な作品だったのか。

だが、真実は違った。

「『顔のない島』？　お前たち、アレを見たのか？」

直父《なお》が聞き返した。神妙な面で。更に直母も……。

「大丈夫だった？　何も起きなかった？」

顔色を変えた大人たちの問いに、子供たちも思わず顔色を変えてしまった。

「何か……起きるものなの？」

娘もまた恐る恐る聞き返すと、父はゆっくりその秘密を明かす。

「あれは神面島百不思議の一つ『顔のない島』と言ってな。この島に来た若手の映画監督が作ったものなんだ」

「この島がモデルだったの!?」

「二十年近く前かな。新しい映画の題材を求めていたその監督は、神面のことを聞きつけてこの島に取材にやってきたんだ。しかし、当時の島主である大祖母様《おおばあさま》は、神面の存在を世間に広める行為を許さず、取材を許可しなかった。だが、彼は駄目だと言われると燃える性質だったようで、島で神面の観察を続けたんだ」

「そうそう、私も当時中学生だったけど、よくジロジロ見られてたよ。その人、明るいけど強引な性格でねー。皆、対応に困ってた」

直母も苦言を呈した。島民たちにとっても印象が良くなかったようだ。更に、直父の説明が続く。

「やがて、恐れていたことが起こってしまう。彼は女の子たちの素顔見たさのあまり、決して近づくなと言われていた竜神池に行ってしまったんだ。そして、そこで一人の少女の素顔を見てしまった。彼が内地に帰ったのは、それからすぐのことだ。人が変わったように、暗くゲッソリとしながらな」

志郎、息を呑《の》む。

「その後の話は又聞きだが、内地に帰った彼はまるで何かに取り憑《つ》かれたかのように一本の自主制作映画を作った。だが、それを完成させた途端、急死。死因は心臓発作だったらしいが……。続けて、女優や他のスタッフも後を追うように命を落としていった。そのドサクサでマスターテープなどは消え、唯一残った初号ＤＶＤは監督の遺品として彼の実家の押入れの中に仕舞われることになった。しかし、それからしばらくして監督の親族の一人がそのＤＶＤを持ち出して友人たちと上映会を開いたんだ。するとその親族を始め、観た者は丁度一週間後に不審な死を遂げていった」

直、息を呑む。

「こうして世に放たれたDVDは、所有者を変える度に観た者を殺していった。やがてそれは都市伝説となり、更にそれが人を呼び寄せて殺していく。ある時、その都市伝説に興味をもったテレビ番組のディレクターが恋人と共に取材を始めた。最初は半信半疑だった彼も、調べていくうちにそれが真実だと確信する。だが、その時には既に二人ともDVDを観た後だった。彼らはその呪いを解くために、藁《わら》にも縋《すが》る思いでDVDを持ってこの島にやってきたんだ。そして、二人は神主さんのお祓《はら》いを受け、DVDはここの神面神社に納められることになり、今に至ったわけだ」

「それがあの『顔のない島』……」

志郎がそう締めると、直父は頷《うなず》いた。

志郎の顔が真っ青になる。直の神面もだ。彼女はホラー好きではあるが、スリル好きではない。命は惜しかった。

ただ、直母がこうも付け加える。

「でも、最後まで観ていないんでしょう？　なら、大丈夫じゃない」

「どういうこと？」

「正確には、映画が終わった直後に流れる砂嵐を見たら死ぬらしいの。普通、映画の本編が終わったら、その後スタッフロールが流れるじゃない？　けど、その映画にはそれがなくて、すぐに砂嵐になっちゃうの。だから、最後まで観ていた人は大抵それも見ちゃうのよね」

「ＤＶＤに砂嵐なんてあるの？」

「実際には、砂嵐に見える異様な何かってことらしい。人間によるものではなく、超常的な何かによって加えられた謎の映像」

「へー。でも良かった。寝落ちしてて。部屋を暗くした私のお陰ね」

何はともあれ、直は大丈夫そうである。安堵した彼女は神面の血色を戻していった。

「志郎なんて開始十五分で寝落ちしてたし。ねー、志郎」

「そ、そ、そ、そ、そ、そ、そ、そうだな」

ただ、口ごもりながら返事をする志郎の顔色は真っ青のままだ。

彼は思い出していたのだ。

あの夜見た、砂嵐を。

そして、幽霊を。

志郎は恐怖を押し殺して直母に質問する。

「と、ところで、もし砂嵐を見たとしても、お祓いしてもらえば大丈夫なんですよね？　そのディレクターたちみたいに」

「あー。あの人らね、船でこの島を去る途中、海に飛び込んで死んじゃった」

「……え？」

「それを見た当時の船長が言うには、飛び込んだと言うより海に引きずり込まれたって感じだったんだって。お祓い、効果なかったみたいね」

「……」

志郎《しろう》、絶句。「ウチの神主も大したことないんだね」と直がぼやき、「こらこら、そういうこと言うんじゃないの」と直母が窘《たしな》めている中、彼は胸中にて己の運命を嘆くのであった。

だが、そんな彼にそれ以上の衝撃展開が訪れる。

「そうだ、志郎くん。今夜、ウチに泊まっていくだろう？」

「っ！」

提案したのは直父。いや、提案と言うより既に決定事項のようだ。直も直母も笑顔で頷いている。

「それじゃ、お言葉に甘えて」

そして、志郎もまた笑顔で応じた。彼のモットーは『現地人には素直に従う』。ここは流れに身を任せる方が吉のような気がした。

他所《よそ》の家に泊まることは慣れている。同年代の女性と同じ屋根の下で寝るのも慣れている。実際、昨夜は子供だけで一夜を過ごしたのだ。しかし、この時はどうも心が落ち着かなかった。

風呂を浴びた志郎は坂崎家の二階へ行った。そこの空き部屋に布団を敷いてくれているらしいが……、

「志郎、志郎」

直の部屋の前を通り掛ると、彼女に小声で呼び止められた。

「志郎、今、お母さんが布団を敷いてるから。んで、夜、お母さんたちが寝静まったら私の部屋に来て。二人とも寝るのは一階だから大丈夫」

「やっぱり、セックス？」

志郎は少し拒むような表情をしてしまった。

「……嫌なの？」

「いや、メッチャしたい。この島に来てからも何度も死に掛けてるから、性欲が漲《みなぎ》っている」

「ならいいじゃん」

「ただ、シチュエーションがな……。彼女の親のすぐ傍《そば》で逢引《あいびき》なんて……」

「真面目ねー」

「何かさ、後ろめたさと言うか……。基本的に大人に知られちゃいけないことを、敢《あ》えて大人の傍でやるわけじゃん？　わざわざ自分から危険なことをするなんて、ナンセンスだ。ホラー映画嫌いと同じ理屈だよ」

「まぁ、言いたいことは分かる。でも、同年代の男女なんてそんなもんよ。それに、昨日みたいにいつも真璃《まり》がいるから、二人っきりになれる機会なんて滅多にないし」

「うーん、確かに……」

「真璃に対して後ろめたさがあるのなら、あとで抱いてあげればいいじゃん。どちらにしろ、順番というものは決めないといけないんだし。ということで、ＯＫ？」

「……ＯＫ！」

結局、少年は性欲には勝てなかった。

そこに直母が空き部屋から出来てきた。

「志郎くん、お待たせ。さぁ、どうぞ」

「ありがとうございます」

そして、入れ替わるように志郎がその部屋に入ると…………彼は固まった。

更に、それを怪訝《けげん》に思った直も部屋を覗《のぞ》けば…………彼女も固まった。

その部屋に敷かれている布団は一つだが、枕は何故《なぜ》か二つだったのだ。いや、二人ともその意味はすぐに理解していた。

直母がそれを口にする。

「二人とも一緒に寝るんでしょう？　直のベッドは二人だとキツイだろうから、こっちで寝るといいわ」

親は全てお見通しだったのだ。

これには志郎も苦笑を避けられず。だが、彼以上にショックだったのは娘の方だ。自分もその気だったとはいえ、母親にこんな気遣いをされては羞恥と憤怒に塗《まみ》れるのは避けられない。神面を思いっきり引き攣《つ》らせてしまっている彼女に、母親が追い打ちを掛ける。

「あれ？　二人とも付き合ってるんでしょう？」

「そんなこと言った!?」

勿論《もちろん》、直もそのことは親にも秘密にしている。しかし、親は子供のことをよく見ているのだ。

「分かるわよ、親だもの。いつもいつも志郎くんの話ばかりしててさ。中村《なかむら》さんちの兵次《へいじ》くんが引越して来た時は、全然興味なさそうだったし」

「うっ！　いや、まぁ……。でもさ、子供にもプライベートがあるわけで。親にこんなことをされると恥ずかしいの」

「折角気遣ってあげたのに」

「小学生のセックスじゃないんだから、親の手助けなんていらないよ！」

とんでもないパワーワードを吐いた直《なお》だったが、志郎も概《おおむ》ね同意見だった。こういうのは、せめて見て見ぬふりをして欲しいところ。お陰で、湧き上がっていた思春期の情欲はすっかり萎《しぼ》んでしまった。

「直、今日は帰るわ」

「うん、そうして。ごめん、志郎の言う通りだったわ」

こうして、二人だけの夜はお預けとなったのである。

「ふぅ……」

帰路に就いた志郎は溜《た》め息《いき》を吐《つ》いていた。勿論、直と一夜を過ごせなかったのもあるが、一人になると否応《いやおう》なくＤＶＤの件を思い出してしまうのだ。

「呪いか……。怖いな～」

情けない声で独り言を呟《つぶや》く大の男。何でもいいから声を出していないと不安になってしまうのだろう。今は静寂が恐ろしかった。そして、孤独であることも。

「誰かいないかな～」

真夜中のド田舎で無茶な願望も口にする。しかし、この島の神さまたちは彼を見捨てて

はいなかった。先の街灯の下に誰かが立っていたのだ。

それはワンピースの女性。

志郎も彼女とは顔見知りだったのでウキウキと寄っていった。

「こんばんはー。いや～、良かった。誰かいて。今、凄《すご》く心細くてさー」

ペコリと頭を下げる彼女に、矢継ぎ早に話し掛ける。

「実は、昨夜呪われたＤＶＤを観《み》ちゃってさ……。俺、呪われたみたいなんだよ。呪いって信じる？」

その問いに首を傾《かし》げる女性。いきなりそんなこと言われれば誰だって戸惑うだろうが、それでも志郎は構わず喋《しゃべ》り続ける。恐怖心を和らげるために。

「まぁ、ハッキリ覚えてはいないんだけど、確かテレビから悪霊が這《は》い出てきて、それで往復ビンタを食らったのよ。そう、ビンタされたんだった」

頷く女性。

「え？　何故、抵抗しなかったって？……何でだろう？　あの時、両手が塞がっていたんだよなー。それで無防備になって……。うーん、前に宇宙人に記憶を弄《いじ》られて以来、物覚えが悪くなったんだよ。ともかく、俺は一週間後に死ぬらしいんだけど、どうしたらいいか分かる？」

首を横に振る女性。

「だよな。まぁ、それまでには父さんが帰ってくるだろうから相談してみるよ。けど、誰もいない家に帰るのは怖いなー」

微笑《ほほえ》む女性。

「え？　一緒に家に来てくれるの？……うーん、嬉《うれ》しいけど、今恋人の家から帰る途中なんだ。帰宅早々、別の女性を連れ込むのは俺の倫理観に背く。気持ちだけありがたく頂戴するよ」

大きく頷《うなず》く女性。

「ありがとう。少し気持ちが楽になったよ。それじゃ、おやすみー」

そして、志郎は帰路に就いた。

神面島百不思議の一つ『街灯の下の幽霊』に手を振られながら。


だが、我が家に着いた途端、彼の心はしょんぼりと萎えた。

「何か……気味が悪いな」

夜更けの前田《まえだ》家は当然ながら誰もおらず真っ暗。いつもなら気にも留めないのだが、やはり意識してしまう。居間に入った志郎は明かりのスイッチに手を置いた。

「電気をつけた途端、目の前に悪霊がいたりしないよな？」

そして、目を薄く開けながら恐る恐る押す。……と、何ともなかった。誰もいない居間に安堵《あんど》し、腰を下ろす。次いで、こうなった原因を手に取った。

「やっぱりある……」

人を呪い殺すという『顔のない島』。手作り感満載のそのＤＶＤジャケットは、所有者の一人が作ったものか。その人物も既にこれに殺されていよう。

「割ったり焼いたりしたら、やっぱマズイのかな。……マズイよな」

解決策を求めるも出るはずもなく……。

「……これをユーチューブに上げたらどうなるんだろう？　人がいっぱい死ぬのかな？　銃乱射事件以上の殺戮《さつりく》行為だよな」

挙句に、とんでもないことまで考えてしまった。

トゥルルルルルルルル！

「ひぃ!?」

電話だ。電話の着信音だ。虚を衝《つ》いてきたそれに、志郎は情けない悲鳴を上げてしまった。

普段来るはずもない真夜中の着信。彼も初めは無視を決め込むが、すぐに無視した方がマズイかもと考えるようになる。そして迷った末……恐る恐る受話器を手に取った。

「も、もしもし……？」

「おう、志郎《しろう》か」

それは最も慣れ親しんだ声だった。

「父さん!?」

「ちょっと思い出したんだが、テレビの横にＤＶＤが置いてないか？『顔のない島』というタイトルなんだが」

「ああ、呪いのＤＶＤね」

「何だ、知っていたのか」

「何で教えてくれなかったんだよ！　観ちゃったじゃないか！　しかも、よりにもよって砂嵐の部分だけ」

「えぇ？　何でそこだけ観たんだ。器用なヤツだな」

「どうすんだよ。呪われちゃったじゃないか！」

「まぁ、人生は長いんだ。そういうこともあるさ」

そう答える又衛門《またえもん》は、いつもの又衛門だった。動揺も心配も全くない。そんな父親の声を聞いていると、不思議と息子も落ち着くことが出来た。

「で、そのＤＶＤなんだが、島主の宇喜多《うきた》さんから借りた物だから返しておいてくれ。悪霊に襲われるまですっかり忘れていたよ」

「え？　襲われたの？」

「ああ、丁度今な」

「今!?」

「それで、悪霊にコブラツイストを決めながら電話してるんだ。しかし、地球の裏側にまで現れるなんて、悪霊も働き者だな」

「コブラ!?」

そう言われ志郎が耳を澄ますと、何やら苦しそうな呻《うめ》き声《ごえ》が聞こえてくる。……本当っぽい。

「志郎も見ただろう？　テレビの中から出てきた女の悪霊を」

「あー、確か女だったかな？」

「そいつは仮面を付けてて不気味な感じなんだが、実はその仮面は二枚重ねでな。二枚目の気味の悪い仮面を取ると、美人の素顔が出てくるんだよ。それがまた滅茶苦茶《めちゃくちゃ》いい女でな。身体《からだ》もエロかったし」

「あー、確かエロかったな？」

「で、悪霊相手なら法律的にＯＫかなっと身体を弄《まさぐ》ったら、『ファック！』って叫んで消えたんだよ。早々に逃がして軽率だったと後悔したんだが、まぁ、一週間後にはまた現れるだろうと特に気にしていなかったんだ。……だけど、今回現れた奴《やつ》は前のと違ってガリガリの如何《いか》にも悪霊って奴だったんだよ。それで頭にきたから、今コブラツイストをかましてるわけ。というわけで、悪霊の弱点はコブラツイストだから、お前の前にも現れたらそれを使え」

「え？　コブラツイストなんてやったことないよ。何か難しそうじゃん。パイルドライバーで代用出来ない？」

「待ってろ。ちょっと試してみる。……よっと」

すると、ドン！っと叩《たた》きつける音が聞こえた。

「……あー、志郎？　効果あったぞ。頭を抱えながら消えちまった」

「良かった。じゃあ、俺の時もそうするよ」

「しかし、お前も勿体《もったい》ないことするなー。『顔のない島』の本編には、ちょくちょくエロいシーンが入ってるのに」

「マジで!?」

「ホラー映画にエロは付きものだ。特にラストのエロシーンは必見だったぞ。まぁ、そのシーンが終わった途端、例の砂嵐に移るんだからトラップとしては見事だったけどな。それじゃ、あと数日したら帰るから」

そして、電話は一方的に切られた。

志郎は受話器を置くと、改めてＤＶＤを見つめる。
次いで深く、深く、深く、深ーく考えた挙句……、
……、
……、
……、
再びＤＶＤ再生機に挿入するのであった。

◇　◇　◇　◇　◇

三ヶ月前――。

前田志郎は一人アラスカの山中にいた。右も左も前も後ろも山、山、山、山の山の中。

しかも、一面真っ白の雪山だ。

時は二月。春が近いと言っても、まだまだ真冬と言っていい時期である。しっかり防寒具を纏《まと》ってはいるが、安心は出来ない。ただ、幸運にも現在は晴天である。白い山並みが輝いて見えた。

「何もかもが広く、何もかもがデカく、何もかもが白い。雄大としか言えない光景だな」

両手を広げて思いっきり感動に浸る志郎。これまでも散々世界中の秘境を渡り歩いてき

たが、その大自然に心を奮わせないことはなかった。人間とは何とちっぽけな存在なのかと思い知らされ、同時に己の悩みも些細《ささい》なものと思えるようになっていた。

そして、強大な敵に挑む勇気も湧き上がってくる。彼は今、アラスカに住むものたちの忌敵《いみがたき》を退治するため、旅をしていたのだ。

ただ、志郎は一人だが、仲間はいた。常に一緒にいる仲間たちが。

「よっしゃ！　それじゃ行くか、皆！」

自然をたっぷり満喫した志郎がそう宣して振り向くと、そこにいたのは…………熊だった。

熊である。熊が仲間なのだ。しかも、六頭も。

「ガウ、ガウ、ガウ！（おい、志郎。油売ってないでとっとと行こうぜ！）」

勇敢なグリズリー、ファイトが不満を垂れた。大自然の中で悠々と育った生粋の野生熊には、自然を眺望することが理解出来ないようだ。

「グルル、グルルル？（やれやれ、ファイトは相変わらずだな。もっと文化的になったらどうだい？）」

そんな彼をからかうのは、デビット三世。祖父の代から動物園暮らしをしていた都会っ子である。

「ガル!?　ガルルルル！（何だと!?　人間界に染まったへなちょこのクセに！）」

「グウウ⁉　グウ！　（なにぃ⁉　もう一回言ってみろ！）」

　この二頭は育ちが正反対のせいか、仲が悪かった。

「グル、グルルルル！　（ちょっと二頭とも、喧嘩《けんか》はダメだって！）」

　それを仲裁するのは、紅一点のアイリーン。赤ん坊の頃に人間に拾われ大事に育てられた心優しい雌熊である。

「ガルガル、ガルガルガル（やれやれ、若い連中は元気なことだ）」

　更に呆《あき》れてそれを見ているのは老熊のベシュトック。大昔から先住民の狩人《かりゅうど》たちと死闘を繰り広げてきた古兵だ。因《ちな》みに名は先住民から付けられたもので、彼らの言葉で『吹雪』を意味する。

「ガルル……（先が思いやられるな……）」

　同じく呆れるのはニヒルな一匹狼《いっぴきおおかみ》、セキガン。その名の通り片目である。

「ガウガウガウ（ケンカ、ヨクアリマセン）」

　この中で唯一の白熊、ホワイトマンもカタコトで宥《なだ》めている。

　しかし、いがみ合いは収まらず。

「コラ！　やめないか！」

　志郎が割り込むと二頭はやっと離れた。

「お前たち、いつも言ってるだろう。互いに信頼し、協力し合おうって。でないと、奴には勝てないぞ」

「「ググ……（だってよ……）」」

「憎むべき相手は巨大な白いムース『タタリ』だ。あの残虐な怪物のために、一体幾つの命が失われてきたか……。俺たちはアラスカの動物たちを護《まも》るために、遥々《はるばる》ここまで来たんじゃないか」

「「グゥ……（う……）」」

そう窘《たしな》められれば、ファイトとデビットも口を噤《つぐ》むしかない。二人も使命は忘れていなかった。

だが、セキガンの場合は使命ではなく宿命と言えるかもしれない。

「ガウ、グルルルル、ガウ、グルガウガゥ！（フン、アラスカの動物のことなんてどうでもいい。俺は赤ん坊の頃、タタリに母親と片目を奪われた。それ以来、奴への復讐心《ふくしゆうしん》だけで生きている。奴を殺すのは俺だ！）」

高らかに謳《うた》う黒いグリズリー。その傷だらけの身体が、彼の凄《すさ》まじい生き方を物語っている。ただ、似たような境遇のアイリーンはそれを受け入れ切れなかった。

「グウ、グルルルル、ガウ、ガウ（セキガン、貴方《あなた》の気持ちも分かるわ。私も幼い頃に母と離れ離れになった。でも、復讐心だけ生きていくなんて……あまりにも悲し過ぎるわ）」

「ガル、ガウウウウ、グルルル（フン、人間に育てられただけあって甘っちょろい考え方だな。獲物の取り方も知らないお前に、俺がどう生きてきたか分かるはずもない）」

「ガウガウ、グルルル、ガウガウ（そんなことないわ。私を育ててくれた人間は私に博愛精神を教えてくれた。貴方にも幸せを知って欲しいのよ）」

「ガルガル（くだらない）」

「まぁ、まぁ、まぁ」

再び宥め役に回る志郎。何せ、早急に教えておかなければならないことを思い出したからだ。

「それより、お前たちに伝えなければならないことがある」

「ガウ？（うん？）」

「実は俺、雪山に入ると雪崩に巻き込まれるってジンクスがあるんだよ」

「「ガウガウ!?（何だって!?）」」

「かれこれ三、四回ぐらいかなー？　その度に雪に埋もれて死に掛けたんだ」

「ガウガウ、グルル（おい、おい、冗談じゃねーぞ）」

「ガルルルル、ガウルルルル（雪崩ハ困リマス。ワタシ白イカラ、巻キ込マレタラ見ツカラナイデス）」

ファイトもホワイトマンも狼狽《ろうばい》。熊だって雪崩は怖い。

「ガウ、グルルルル？（けどよ、こんな天気の良い日なら心配ないんじゃないか？）」

次いでデビットがそんな慰めを言うも、老手ベシュトックの考えは違った。

「グウ、グウグウ、ガウ（いや、こういう晴天の日こそ雪崩には気を付けなければならぬ。雪が解けて滑り易《やす》くなっているのだ）」

「グルル、ガウガウ（こりゃ、志郎《しろう》から離れていた方が良さそうだな）」

そして、最後にセキガンがそう締めると、熊たちは一斉に志郎から距離を置いた。

「おい、何で離れる!?　人間差別かよ！　まるで疫病神じゃねーか！」

「ガウガウ（全くもってその通りだろうが）」

突っ込むファイト。

すると、何やら音が聞こえてくる。

初めは小さかったそれは、やがて大きくなり……そして轟音《ごうおん》と化していった。

それがこちらに向かってくるのだ。

大量の雪と共に！

「ガウグウ！　ガウガウガー！　（志郎の叫びで雪崩が引き起こった！　やっぱり疫病神じゃねーか！）」

結局、全くもってファイトの言う通りだった。

一斉に逃げ出す面々。だが、一人だけ遅れている。

「皆、待ってくれ～！」

志郎である。人間と熊とでは足の速さが段違いだった。しかも、膝下まで雪に埋もれるほどの積雪である。熊から見れば赤ん坊のハイハイに等しい。

「ガウガウ！　ガウ！　（ったく、人間ってのはトロいな！　志郎、もっと走れ！）」

「そんなこと言われても～！」

ファイトに煽《あお》られながら、志郎は必死に、必死に、必死に走る。しかし、追ってくる雪崩は時速二百キロである。勝負にはならなかった。

遂《つい》にはベシュトックが非情の宣告をする。

「グルルル、ガウガウ！　（志郎はもう駄目だ。放っておけ！）」

「そんな～！　人でなし～！　いや、熊でなし～！」

そして……、

「ぬわあああああああああああああああああああ！」

ファイトたちの目の前で雪崩に飲み込まれてしまった。

「ガウー！　（志郎ー！）」

自然の猛威は熊たちの呼び声を轟音で掻《か》き消し、志郎を暗闇へと誘《いざな》っていく。雪の中に飲み込まれた彼は方向感覚を失い、ただただ揉《も》みくちゃに回されていた。これまでも雪崩には遭っているものの、今回は最も激しく大きい。

それでも出来る限りのことはやった。ようやく雪崩が止まると、志郎は手で口の前に空間を作り僅かながらも空気を確保した。これで少しは希望を見出《みいだ》せる。一方で、光のない真っ暗闇の中で上下左右も分からない状態と、あらゆる方向から締め付けてくる雪の重さは絶望しか与えてくれない。かなり深くに埋まっていると思えた。重機がないと掘り出せないほど深くに。勿論《もちろん》、アラスカの山麓に、そんなものはない。

終わった――。

今度ばかりは彼も観念するしかないか。

……。

……。

……。

「……ん？」

そう静かにしていると、志郎の耳に雑音が聞こえてきた。ザクザクと雪を掻き分けるような音だ。更にしばらく待っていれば、光すらも届き始める。それを成したのは、種族の垣根を越えた掛け替えのない友情だ。

「……ファイト！」

光から現れたのはファイト。そして、

「皆！」

仲間の熊たちである。

志郎がファイトの前足を摑《つか》み雪の中からよじ登ってみれば、その深さは五メートル近くもあった。それでも、その中にいたのは僅か十分である。熊たちは優れた嗅覚によってだだっ広い雪原の中から志郎を見つけ出し、その優れた膂力《りょりょく》によって五メートルもの雪をあっという間に掘ってみせたのである。もし、彼らが人間だったら志郎を見つけるのに春の雪解けまで待つ必要があっただろう。

「皆～、ありがとう～。君たちが熊で本当に良かったよ～」

感謝と感動に満ちた志郎がファイトに抱きつくと、彼も笑って抱き返してくれた。

「ガウガウ。グルグルグル（当然のことをしたまでだ。俺たちは大切な仲間なんだから）」

同じく頷《うなず》いている他の熊たち。この中の誰かが同じ目に遭えば、志郎もまた命を懸けて救うことだろう。

種族の垣根を越えた友情は、とても美しく、とても尊いものだった。

「さぁ、皆、行こうぜ！　ファイト、ファイト、ファイトと仲間たち～♪」

こうして、一人と六頭は改めて友情を確かめ合うと、再びタタリ退治の旅へ赴くのであった。

◇　◇　◇　◇　◇

「何してるの？」

突然、真璃《まり》がそう訊《き》いてきた。柵の入り口で呆然《ぼうぜん》と志郎を見ながら。

時は晴天の昼間。場所は本郷《ほんごう》家の庭にある熊の久兵衛《きゅうべえ》用の柵の中。その隅で、志郎と久兵衛が身を寄せ合って座っていたのだ。

「おう、真璃。今、久兵衛にアラスカにいた頃の話をしてたんだ」

志郎が手を上げながら答えると、彼女も誘われるように寄ってくる。

「久兵衛なんかに話したって意味ないじゃん。私に聞かせてよー」

「何てことを言うんだ!?　熊差別だぞ。コイツは島を護るいい熊なんだから。そもそも熊の世界の話なんだから、熊に聞かせるのが筋だろう。なぁ？　久兵衛」

「ガウガウ」

志郎の反論に同意するように頷く久兵衛。ただ、真璃は根本的なことに懐疑的だった。

「ってか、本当に久兵衛と話せてるの？　何か証拠みたいの出せない？」

「う～ん……。そんじゃ久兵衛、真璃の昔話を聞かせてくれ」

「ガウ、グルルルル、ガルガルグルルルル」

「うんうんうん……えっ!?　あ～、成る程……ね～」

久兵衛の言葉？に意味あり気に頷く志郎。されど、すぐには明かさずチラチラ真璃を見ているだけ。そんなことをされれば、当然彼女も焦《じ》れる。

「で、何て言ったの？」

「……本当に言ってもいい？」

「勿論」

そして、告げられるのは真璃もまた忘れていた秘密だった。

「真璃が四歳の頃、久兵衛に跨《またが》ってお馬さんごっこをしてたんだけど、歩きの振動のせいかお漏らしされちゃって、背中をションベン塗《まみ》れにされて散々だった……ってさ」

「え？……………………………ああぁっ！」

初めはキョトンとしていた真璃だったが、次第に封印されていた記憶が蘇《よみがえ》ってくると、その神面を真っ赤に変色させた。恥ずかしさからか、はたまた怒りからか、その真っ赤な感情を久兵衛にぶつける。

「何てことを言うのよ！　折角忘れてたのに！」

理不尽な暴力がいたいけな動物に襲い掛かった。無抵抗な彼を平手でベシベシベシベシ叩《たた》き続ける。尤《もつと》も、その強靱《きようじん》な肉体には全く効いていなかったが。

「何てことをするんだ!?　熊差別だぞ。コイツは島を護るいい熊なんだから。そもそも自分で言い出したくせに。なぁ？　久兵衛」

「ガウガウ」

志郎の抗議の通りである。「うぅ……」と嘆く真璃自身もまた墓穴を掘ったことは分かっていた。更に、久兵衛は志郎にこう続ける。

「グルルルル、グルルルル（けど、幼い頃から真璃は元気で明るい子だったなぁ）」

「ふむふむ、幼い頃から真璃は乱暴者だったなぁ、と」

「ムっ！」

真璃、イラっとする。

「ガウ、グルル、グルガウガウ（お転婆でなぁ。木に登ったり坂を全力で駆け下りたり、危なっかしくて冷や冷やしたもんだ）」

「ふむふむ、いつも危ないことをしでかす危険な子だった、と」

「ムっ！」

真璃、ムカっとする。

「ガウ、ガウ、ガウグルルルル（大きくなれば母親に似てお淑《しと》やかになるかと思ったんだけど、結局そのまま大きくなっただけだったな）」

「ふむふむ、大きくなれば母親に似てお淑やかになると思っていたんだけど、結局胸が大きくなっただけだったな、と」

「ああああああん!?」

真璃、カッとなる。

「んもう、この破廉恥熊は！」

ベシベシベシベシ。再開の平手打ち。久兵衛は再び理不尽な暴力を受けながら、「ちょっとからかっただけだよ」と言い訳する、子供じみた悪戯《いたずら》をした志郎を睨《にら》むのだった。

ただ、そんな志郎も次の言葉だけは正確に訳す。

「グルルルル、ガウガウ、グルルガウグルルルル。ガウガウガウ、グルルルルグルルルル」

「……これも真璃が五歳の頃だったかな。ある日、真璃が大人の目を盗んで一人で山に入って行くところを見掛けたんだ。俺は柵の中から危ないよって注意したんだが、真璃は笑顔で手を振って入って行っちゃってな……。案の定一時間もすると、山の中から泣き声が聞こえてきたんだ。人間じゃ分からない小さな声で、気づいたのは俺だけだった。それでここを抜け出して捜しに行くと、木の上で真璃が泣いていたんだよ。木登りをして下りられなくなってたんだろうな。それから木に登って助けてやって、背中に乗せて家まで送っていったんだ。本当、昔から見守っていたんだよな……」

それを伝えた志郎の頬は思わず緩み、それを聞いた真璃の神面の頬もまた緩んだ。そして、叩いた以上の力で久兵衛を抱き締める。

「うん……それは覚えている。久兵衛、だーい好き！」

確かに、久兵衛は島を護《まも》るいい熊だった。

その後、本郷家からの帰路にて、今度は志郎《しろう》が真璃に質問する。

「ところで、お前は何しに来たんだ？」

「ああ、そうだ。お祖母様《ばあさま》が志郎がこっちに行くの見掛けたから、声を掛けてあげなさいって。もうすぐスコールが来るから」

「スコール？　雨が降るっていうのか？　こんな晴天なのに？」

志郎が空を見上げてみれば、相も変わらず青空が広がっているが……。

「神面島百不思議の一つ『竜神さまの水浴び』って言ってね。この時期になると晴天なのに突然大雨が降り出す日があるのよ。普段は竜神池に潜む竜神さまが、空に舞い上がるための下準備らしいんだけど……。お祖母様が言うには、今日がその日っぽいんだって」

「へー。じゃあ、少し急ぐか。俺もお前んちに用があったんだよ」

志郎が宇喜多《うきた》家に来る。それが真璃にあの悩みを思い出させてしまう。

「ねぇ、志郎」

「うん？」

「……私たち、これからどうするの？」

「何だ？　その、結婚をなあなあで引き伸ばしている彼氏に向けるような台詞《せりふ》は」

「正にその通りだって。私たちの関係、いつお祖母様に伝えるのよ」

未《いま》だ進展していない島主への二股報告の件だ。志郎だってその件は忘れていない。

「機を見てだろう？」

「それはいつよ？」

「そりゃ、機を見てさ。それに焦って事を急いだら失敗するぞ。於稀《おき》さんの機嫌の良い時とかに報告するべきだろう」

そう筋を通して説けば、真璃もそれ以上の抗議は出来なかった。代わりに零《こぼ》れるのは愚痴。

「はぁ～、いつまで付ける必要のない神面を付け続けるのやら……」

「え？　もう付ける必要ないの？」

「厳密な『神面外し』は、あの竜神池での行為でもう済んでいるの。あれで神さまたちに認められたってことでね。男性に素顔を見せても神さまたちからの罰は与えられない。けれど、島の人たちはそれが済んでいるって知らないわけじゃん？　だから、いきなり外して出歩いたりするとビックリするわけよ。年寄りなんかが見たらショック死しちゃうかも。だから、奈々姉と殿介《でんすけ》先生みたいにあの神面外しの儀式をして大々的に皆に知らせるわけ」

「ほほぅ」

「神面外しには三段階あって、一段階目が当人同士だけでやる神面外し。この時点で神さまに認められているから、本来ならもう外してもいい。次いで、二段階目が島主の前でやる神面外し。これで島主に証明出来れば島の人たちに知らせようってことになる。そして、三段階目が島の人たちの前でやる神面外し。この間やったヤツね。これで晴れて神面なしの生活を送れるわけ」

「つまり、俺たちは二段階目に挑もうとしているわけか」

ただ、その二段階目こそ志郎らにとって最も難関だった。倫理観という大きな関門が塞いでいたのである。ある意味、神さまより厄介だ。

そして、宇喜多家の前までやってきた頃には、若い真璃も空の異変に気づく。

「あ、ヤバ……。急いで！」

それから彼女に急《せ》かされて玄関の屋根に入った途端……、
ザバアアアアアアアアアアアアアアアアアアアアアアアアアアアアアアアアアアアアア！

まるでバケツの水を引っ繰り返したかのような大雨が降り出した。予兆もなく、一気にである。

「ひゃぁー、危なかったな。これじゃ傘どころかレインコートを着てもびしょ濡《ぬ》れだぞ」

新参者の志郎には全くそんな気配を感じられなかったから、呆気《あっけ》に取られてしまった。

「ウチで雨宿りしていきなよ。さぁ、どうぞ」

「それじゃ、お言葉に甘えて」

恋人の気遣いに遠慮は無用だ。

志郎が宇喜多家に上がるのは、これで二度目である。坂崎《さかざき》家は基本的に直《なお》しかいないので気兼ねなくお邪魔出来ていたが、島主の家となれば相当な理由がなければ敷居は跨《また》げないもの。廊下を進む彼の歩き方も自然と丁寧になっていた。

そして彼が導かれたのは、奥にある和室。真璃の祖母である宇喜多於稀のいる部屋だ。

まずは家主に来訪の挨拶するのが筋である。

「こんにちは。お邪魔します」

「あら、いらっしゃい。雨には濡れなかった？」

「はい、お陰様で助かりました」

笑顔で迎えてくれた於稀に、志郎もまた笑顔で頭を下げた。

「お祖母様、志郎に雨宿りさせてもいいですよね？」

「勿論《もちろん》よ。ゆっくりしていってね」

孫娘の願いに祖母が快諾すると、客人も安堵《あんど》する。やはり於稀には侵し難い威厳を感じていた。

用意されていた座布団に腰を下ろす志郎。勿論、正座でだ。次いで、いつの間にか真璃がいなくなっていたのを好都合として、自分の用事を済ませる。

「こちら、父がお借りしていたＤＶＤです」

例の呪いのＤＶＤ『顔のない島』の返却が彼の目的だった。人を死に追いやるそれを彼女も平然と受け取っている。

「ああ、お役に立てたかしら？」

「父は満足していたようです」

「それで、本当に悪霊は出たの？　島民は皆この映画は観《み》ていないし。一応、又衛門《またえもん》さんには忠告しておいたのだけど、本人は平気だって言うし……」

「ええ、出ましたけど追っ払ったようです。今もピンピンしています。まぁ、父だから助かったようなもので、やっぱり他の人は観ない方がいいと思います」

「そう、流石《さすが》又衛門さんね。やはり、あの人は只者《ただもの》じゃなかったわ」

「そういえば小耳に挟んだんですけど、この映画を作った監督さんが島民から避けられていた理由の一つは、神面の存在を世間に広めるのを避けたかったからですよね？　けれど、小説のネタを求めてやってきたウチの父は受け入れられた。どうしてです？」

「今言った通り、只者じゃなかったからよ」

「？」

「この島に引越してくる人には、まず島主との面談をしてもらうことになっているの。それに、この島の土地全てが宇喜多家の私有地になっているからね」

「え？　この島、全部!?」

「ええ、それを島民たちに無償で貸し与えているの。何せ、他の人の名義が交じっていると外からの干渉を招く恐れがあるからね。全部、ウチの名義にして手を出させないようにしてあるのよ。それで移住希望の又衛門さんとお会いしたんだけど、本当面白いし、何より色々経験されているようでね。この島に新しい息吹を吹き込んでくれるかもって思ったの」

志郎も以前似たようなことをちんざいさまから聞いていた。神さまと同じ考えなのは、流石は島主というところか。

「それに様々な土地に行かれていたようだから、この島も尊重して頂けると思ったね」

「はい、それは間違いないです」

それに関しては志郎も胸を張って保証出来た。

ただ、於稀はこうも付け加える。

「それに、貴方《あなた》が来てくれたお陰で真璃《まり》も直もとても楽しそうだしね」

「え？」

彼女が浮かべる不敵な笑みを前に、志郎は堪《たま》らず笑顔を引き攣《つ》らせてしまった。まるで、三人の関係を見通しているかのような口振り……。いや、考え過ぎか。

そして、志郎は思いっきり考えを巡らした。今こそ、三人の関係を明かすべきではないのかと。

初めは父又衛門の口添えで許しを得ようとしたが、この於稀と話してみれば小細工は逆の結果を招きかねないとも思えたのだ。

いつかは伝えなければならない。それは二人っきりである今ではなかろうか。敢《あ》えて真璃と直を排除し一人で告白することこそ、二股をする男の器量を証明出来るのではなかろうか。志郎はそう考えたのだ。

彼は一息置いて…………遂《つい》にそれを口にする。

「あ、あの……」

それに粛々と耳を傾ける於稀。

「僕は……その……真璃や直と仲良くさせてもらっていてとても幸せです。この島に来て良かったと心から思っています」

粛々と。

「だから、父がまた引越すことがあっても僕はここに残るつもりです。島民として神面島に尽くします」

粛々と。

「それで、今後も真璃や直とも仲良くしていきたいと思っています。だから……その」

粛々と。

「ええっと……つまりは……」

「志郎くん」

「はい！」

呼ばれて志郎に緊張が走る。

「気を張り過ぎよ。私が島主だからって不必要に畏れることはないんだから」

「すみません」

「急ぐことはないわ。何か伝えたいことがあるのなら、あとでゆっくりでいいからね」

そう宥《なだ》めてくれる彼女は冷静で威厳があったが、それ以上に包容力を感じさせた。恐ろしさだけではない。島主には寛容さも必要ということか。そして、そのように接してくれるのは志郎を認めてくれているからであろう。

彼ももう島の一員だ。

そこに真璃がやってきた。その粛々と入室するお淑《しと》やかな振る舞いから見るに、少なくともこの家の中では立派な淑女のようだ。

「志郎を私の部屋に案内してもいいでしょうか？」

「ええ」

こうして志郎と於稀の最初の面談は幕を下ろした。ただ、座を立つ志郎に於稀が一言。

「志郎くん、これからも孫たちのことを宜《よろ》しくね」

「はい」

流石、島主。志郎《しろう》ではとても敵《かな》わない相手である。

舞台は真璃の自室に移る。宇喜多《うきた》家は日本家屋であるが、その部屋だけはカーペットが敷かれた今時の女の子らしい洋風の趣きだった。

「志郎は私の部屋、初めてだよね？」

「ああ、直の部屋より綺麗《きれい》なんじゃないか？」

「とーぜん。直はだらしないからねー。それに比べ、私は身も心も清いから」

「成る程なー。さっき席を外していたのは、急いで片付けていたからってわけか」

「うっ」

図星を突かれて言葉を失う真璃。

一方、志郎は差し出された座布団に腰を下ろし、部屋を軽く見渡した。概《おおむ》ね直の部屋と変わらない雰囲気だが、一番目を引いたのは本棚だ。天井にまで届きそうな大きな本棚に、文庫本がぎっしり詰まっている。流石、文学少女だ。

「随分な量だなー」

「ほとんどがお祖母様《ばあさま》やお母様から継いだ物なの。私の代だと主に電子書籍で購入するからね」

「離島とネットは相性抜群だもんな」

感心しながら本を漁《あさ》る志郎。ただ、そんな能天気そうな彼を見ていると、真璃は心の中につっかえていた悩みを思い出してしまう。それは決して口にしてはならないことなのに、志郎と二人っきりになったせいで今にも吐き出しそうになっていた。

「ね……ねぇ、志郎……」

「うん？」

「あのさ……」

「うん」

「その……」

「？」

堪《こら》える。堪える。堪える真璃。言ってしまったら不幸になると分かっている。けれど、彼女の性がそれを望んでしまっているのだ。それを押し留《とど》めるには、真璃は若過ぎた。

「……」

「……」

そして少女は神面を外し、本音を曝《さら》け出す。

「志郎の元々いる婚約者って……どんな人？」

言っちゃったぁ——！

発言。即、後悔。真璃は自分で訊《き》いておいて、すぐさま激しく悔やんでしまった。他の女の話は直にも止められていたのに、好奇心と言うか、嫉妬心と言うか……。同じ志郎を愛する者として否応《いやおう》なく意識してしまうのだ。

「ああ、吸血鬼と宇宙人の？」

「う、うん……」

いや、本当は聞きたくない。

恋人の女性遍歴など知りたくもない。

……否、本当の本当はメチャクチャ気になる。

真璃の心の中はぐちゃぐちゃになっていた。

そして、志郎もまたそれには気が進まなかった。

「あまり話したくないな」

「聞きたい。恋人に隠し事なんてないでしょう？」

「……どうしても？」

「どうしても」

一度口にした手前、真璃に引く気はなさそうだ。仕方ない。彼も決する。

「そうだなー……。ちょっと嘘《うそ》も交ぜるけどいいか？」

「まぁ……」

「それじゃ吸血鬼の話な。これは『トランシルヴァニア交響曲』の取材のために、東欧へ向かった時の話だ」

◇　◇　◇　◇　◇

三年前――。

前田《まえだ》志郎は父又衛門の運転で東欧C国の田舎の街道を走っていた。

建ち並ぶボロい建物に、行き交うボロい車。店の前で屯《たむろ》っている人々もみすぼらしさを拭えない。天気すらどんよりとしていた。レンタカーから見る風景は、どれも寂れたものばかりである。

「何か、寂しいところだね」

助手席の志郎が外を眺めながら言った。この時、十三歳。

「不況、不景気、経済危機……。東欧の旧共産圏なんてどこもこんなもんだ。都市部は西側の資本が入ってきて見栄えはよくなってきているが、ちょっと郊外へ出れば共産時代の名残がそこかしこに見られる。若者なんて我先にとイタリア経由でフランスやイギリスに移住しているよ。勿論《もちろん》、偽造パスポートによる不法移民だがな」

運転しつつ地図を見ながら答える又衛門《またえもん》。

「こんなところで何を取材しようっていうの？」

「ちょっと面白い話を聞いてな。こんな侘《わび》しい土地だから、自然とアングラな金儲《かねもう》けが蔓延《はびこ》ってくるんだ。その内の一つに倒錯的趣味の持ち主相手の会員制クラブがあって、攫《さら》ってきたバックパッカーを好き勝手に拷問して殺せるんだそうだ。だから、ちょっと覗《のぞ》いてみようかなーっと思ってな」

「え……？　拷問するってこと!?　父さん、そんなサディストだったの!?」

「まさか。それに会員制クラブだと言っただろう。儂《わし》が入会出来ると思うか？　寧《むし》ろ、バックパッカーそのものじゃないか」

「えぇ!?　拷問されるってこと!?　父さん、そんなマゾヒストだったの!?」

「まさか。痛いのは嫌いだ。実はな、その会員制クラブには裏の顔があって……」

「表の顔の時点で裏過ぎるだろ……」

「……あー、止《や》めておこう。ネタバレしたらつまらないからな」

「いやいやいや、教えておいてよ！」

そして繰り広げられるのは、教える教えないの親子のいつものやり取り。志郎はこの時も目隠し状態で新天地にやってきてしまったのだった。

その後、志郎少年は早速、宿の部屋に取り残されてしまった。場所は街道沿いの古ぼけた安宿。又衛門がクラブに行ってみるとのことなので留守番を任されたのだ。いや、実際は自分から残ると願い出たと言うべきか。

「自分から拷問されに行くなんてどうかしてるよ」

ただ、そう言いながらも然程《さほど》父の心配はしてはいなかった。父なら何だかんだ言って無事に帰ってくるだろうと信頼していたのだ。だから、息子も気兼ねなくベッドに寝転べる。

そして、長旅で疲れた身体《からだ》を癒すべく眠りにつくのだった。目が覚めたときには父も帰っているだろうと楽観しながら……。

……。

……。

……。

しばらくして彼は目を覚ました。

次いで、早々と違和感を覚えた。

「あ？」

目が覚めたそこはベッドの上ではなかったのだ。いや、宿ですらない。家具や雑具、窓すらない殺風景な部屋である。まるで牢屋《ろうや》のよう。彼はそこの冷たい床の上で寝ていた。

しかも、手足を縄で縛られて。

「どうなってるんだ？」

どうやら、眠っている間に移されたようだ。こんな状態になるまで気づかなかったということは、薬か何かで眠らされていたのか。

一先《ひとま》ず、志郎は父から教わった技で手足の縄を解《ほど》く。次いで、この部屋唯一の扉のドアノブに手を掛けてみるも、案の定鍵が掛かっていて開かず。

「もしかして……攫われたのか？」

この状況で思い浮かぶのは、例の会員制クラブのこと。勿論、やられる側として。

「俺、拷問されるのか!?」

冗談ではない！　そう訴えるように彼は叫び出した。

「おい、開けろ、コラぁ！」

叫ぶ！

「俺は十三歳だぞ。R指定のスプラッター映画的な体験はNGだって！」

叫ぶ！

「児童虐待で国連人権理事会が動き出すぞ！」

叫ぶ！

「助けて、ママぁー！」

叫ぶ！

……すると、

「うるさいぞ！　クソガキ」

扉を開けて男が現れた。そこに、

「うぐっ!?」

金的!

開扉に合わせ、扉のすぐ横にしゃがんでいた志郎が股間を狙ったアッパーを放っていた。

次いで、前屈《まえかが》みになった男の頭を両手で鷲摑《わしづか》みにし顔面に飛び膝蹴り。鼻を圧《へ》し折ってやる。

最後は、倒れた男の頭を踏みつけて完全に失神させた。相手は手足を縛られた子供と油断していたところを狙った見事な不意打ちである。

志郎はやってきた男が一人だったことを確認すると、廊下を静かに進んだ。

見つからず、聞かれず、知られぬ間に脱出する。ただ、どこが出口なのか全く分からない。案内板どころか、廊下にも窓一つないのだ。しかも、かなり大きな建物のよう。金持ち相手に商売をしているのなら、その施設も立派なものか。

しばらく進んでいると、小窓付きの扉を見つけた。外への出口なら万々歳。そう願いながら窓を覗いたが…………目の前に広がっていたのは真逆の光景だった。

椅子に縛りつけられた素っ裸の若者が、これまた素っ裸の中年に拷問されていたのだ。その内容は……口にするにもおぞましいもので……。器具を使ったその行為は、それはそれは痛々しいものだった。悲鳴か、はたまた悪態か、若者も何やら必死に叫んでいるようだが、防音が完璧なのか志郎《しろう》の耳には届かない。

「ひっでぇ……」

自分もこうなる前に脱出せねば。志郎は声を殺しながら探索を再開した。

しかし、その後も一向に出口を見つけられないでいた。扉自体はちょくちょく見つけられるのだが、どれもこれも拷問部屋の入り口で、その小窓を覗く度にグロ光景を見せつけられていた。

更に、上にも下にも延びる階段に差し掛かる。外を覗ける窓がなかったため、自分がいる場所が地上なのか地下なのかも分からない状況。ここは勘に任せるしかない。

「上だ！」

階段を勢いよく駆け上がる！……すると、

「外れだ！」

上の階は真っ暗だった。照明がついておらず、人の気配もない。使われた様子すらなかった。

だが、戻ろうとすると下の階が騒がしくなってきたのに気づく。志郎の脱走がバレたのか。こうなれば、こちらが脱出路である可能性に賭けて進むしかない。壁に手を当てながら暗闇の中を進む。

やがて、壁に当てていたその手が扉の感触を得た。見えはしないが、これまでの扉と比べ頑丈で豪勢な作りに感じられる。しかも、ドアノブを軽く捻《ひね》ってみれば鍵が掛かっていないではないか。一応、試してみる。

志郎はまるで物取りのように忍び込むと、そこもまた暗闇だった。……いや、僅かながら明かりが見える。蠟燭《ろうそく》だ。いくつもの蠟燭の光が部屋を照らしている。その内装は、これまでの殺風景とは真逆の絢爛豪華《けんらんごうか》な近世洋風の装飾だった。

更に部屋の中央まで進んでみれば、置かれていたのは昔の王侯貴族が使っていそうな煌《きら》びやかな天蓋付きのベッド。だが、注目すべきはその上だ。一人の少女が寝ていたのである。

真っ白い肌に、真っ白いツインテールの長髪に、真っ白いワンピース。身長は百五十センチ程度の小柄で、齢《とし》は志郎と同じ十三歳ぐらいか。その均整の取れた美しさに、彼は初め人形と見紛《みまが》ってしまった。ただ、そう思った理由はそれだけではない。彼女は呼吸をしているのかすら怪しいほど静かだったのだ。

「生きてるよな？」

恐々《こわごわ》とその顔を覗く志郎。……と、少女の目が開いた。互いに見つめ合う。

「……貴方《あなた》は？」

突然目の前に見知らぬ男が現れたというのに、彼女は静かに無表情で訊いていた。その透き通った綺麗《きれい》な声に惹《ひ》かれ、志郎は自然と口を開いてしまう。

「俺は……前田志郎」

「マエダ……シロー？」

「君は？」

「……レジーナ」

「レジーナ……」

そして、彼は手も差し出してしまった。

「レジーナ、行こう」

「どこへ？」

「ここではないどこか。ここは君がいるべき場所じゃない」

明らかにこのような場所に相応《ふさわ》しくない少女である。彼女もまた拷問目的で攫われてきたのだろう。ならば、救うだけだ。でなければ、自分は一生後悔することになる。志郎は己の良心からそう訴えられていた。

対して、レジーナもその良心を感じ取っていた。邪《よこしま》さのないその気持ちに応えるように上体を起こすと、差し出された掌《てのひら》に小さな手を置く。貴方を信用する、とばかりに。

「さぁ、行こう」

しかし、志郎がそう促した時だった。部屋に大きな打音が鳴り響く。扉が蹴り破られたのだ。

追っ手かと身構える志郎。……が、その先から現れたのは…………父、又衛門。

「父さん！」

「志郎か。お前、何でこんなところにいるんだ？」

息子との予想外の再会だったのに、父はあっけらかんと問うだけだった。このような地獄においても、やはり彼はいつもの調子である。

「いや……。宿で寝てて、目が覚めたらここにいたんだよ。……ってか、その格好は？」

ただ、格好がいつもと違う。上半身裸の上、血塗《ちまみ》れだったのだ。しかも、右手には人を引き摺《ず》っている。いや、正確には人だったものを。

「ああ、拷問される寸前までいってな。このアメリカ人に目を抉《えぐ》られそうになったから、手錠を引き千切って逆に抉り返してやったのよ」

又衛門がそう答えながら男を持ち上げてみせると、確かに目がくり抜かれていた。志郎、息を呑《の》む。

「……殺したの？」

「いや、それは儂《わし》じゃない。反抗したらクラブの連中が銃で襲ってきたからな。他に楯《たて》にするものがなかったんだ」

もう用はないとばかりに、又衛門は穴だらけにされたその楯を捨てた。このように容すら構わず撃ち殺す連中である。彼は志郎がここにいる理由にも気づいた。

「そうか、儂が拷問で殺されることになれば、その連れであるお前も放っておくわけにはいかないってわけか」

「じゃあ、俺が攫《さら》われたのも父さんのせいじゃないか！」

「まぁ、そういうこともあるさ」

そして、トラブルメーカーは笑って話を締めるのだった。志郎は閉口。もう、ただただ閉口するしかなかった。

何はともあれ、まずは脱出である。廊下の方から追っ手の声が聞こえてくると、又衛門《またえもん》は部屋の壁に寄っていった。

「外から見た時、この辺りに窓があったはずなんだが……。お、ビンゴ」

暗闇の中で見出《みいだ》す脱出路。板が打ちつけられて固く閉ざされていたが、又衛門が力ずくで外して開けると、遂《つい》に外の世界が現れた。

「で、志郎、その子は？」

「ああ、この部屋にいたんだ。一緒に連れ出してあげないと」

「なら、お前が面倒を見ろ。行くぞ」

まず、又衛門が外へ飛び出す。次いで、志郎も続こうとしたが……、

「げっ！」

外を覗《のぞ》いた瞬間、怖気《おじけ》づいた。何せ、そこは三階だったのだから。下では着地した又衛

門が早く飛び降りろと手招きしている。その上、追っ手の声も迫っていた。迷う時間などない。

「レジーナ、しっかり摑《つか》まってろ」

志郎は彼女をお姫様抱っこすると、意を決して宙を飛んだ。

その後、三人は近くにあった車を盗み、逃走に成功した。街道をしばらく走り追っ手がいないことを確認すると、志郎もやっと安堵《あんど》の溜《た》め息《いき》が吐《つ》ける。

「ひでー目に遭った……」

レジーナを抱えたまま助手席に乗り込んだため少々狭いが、あの冷たい床よりは遥《はる》かに心地いい。彼女も不満はなさそうだ。……と言うより、先ほどから無表情を貫いている。どうやらポーカーフェイス系のようだ。

志郎、又衛門に今回の成果を問う。

「それで、拷問されに行って何か得られたものはあった？」

「うーん、あまりなかったな。人間とは救い難い生き物だってことを再認識したぐらいか。小説のネタにするにも、こういうのはメジャーだからな」

「骨折り損のくたびれ儲《もう》けか」

東欧旅行は無駄足だったか……。そう思うと、志郎の腹がくすぶり出した。それはレジーナも同じよう。

「お腹空《なかす》いた……」

これまで黙っていた彼女もそうぼやいた。

「ああ、俺もだ。どこか店に寄っていこうか?」

「志郎、吸っていい?」

「うん、いいよ。…………何を?」

するとレジーナは志郎の首元に口を寄せた。

そして………、
牙を立てる!

ブス——。

「んぎゃあ!」

志郎、叫声! その情けない悲鳴ぶりに、又衛門は堪《たま》らず眉間にシワを寄せてしまう。

「何だ? うるさいぞ」

「れ、レジーナがぁ! 噛《か》まれたぁ!」

「うん?……ああ、成る程な。噂《うわさ》は本当だったか」

「何が!?」

「あのクラブは金持ち向けの拷問プレイを提供しているんだが、それはあくまで表向きの顔。本当の目的は、生き血を収集する場所なんだ。吸血鬼のためのな」

「吸血鬼!? ってことはレジーナは……。ど、どうするの? 血吸われてる!」

「血ぐらい何だ。寧《むし》ろ、少しぐらい吸ってもらった方が新しい血が作られて健康になる」

「で、でも、吸血鬼に噛まれたら俺も吸血鬼になっちゃうんじゃ……」

「安心しろ。もし吸血鬼になっても、お前への愛情は変わりはしない。……多分な」

「そんなぁ～!」

彼女に手を差し伸べた以上、最後まで面倒を見るのが筋というもの。たとえ、それが自分に害する者だとしてもだ。

こうして、志郎は彼女との初めての接吻《せっぷん》を味わわされるのであった。


しかし、一週間もすればそんな関係にも慣れ、ひと月もすれば強固な信頼関係にもなり、ふた月もすれば掛け替えのない親愛関係となる。

あれ以来、志郎、レジーナ、又衛門の三人は東欧の土地々々を回り続けていた。時には中世から残る街並みを観光したり、時にはレジーナを狙う悪者と戦ったり……。その度に、二人の絆《きずな》は深いものとなっていった。

そして、その旅で吸血鬼について調べているうちに多くのことが分かった。そのうちの一つが、トランシルヴァニアにある古城が彼らの住処《すみか》だということ。それが今、志郎《しろう》の眼前にある。

父と一旦別れた彼は、レジーナを連れて山麓の古城が見えるところまで旅して来ていた。あそここそ、今回の物語のゴールである。

「あれが古《いにしえ》の吸血鬼が住処にした古城か」

やっと目的地が見えたことで、志郎は少しホッとする。……だが、隣のレジーナは違った。

「志郎、お城に行かないと……駄目？」

「レジーナ……」

「私、行きたくない」

今の本心を吐露するレジーナ。彼女の古城を見る目には怯《おび》えがあった。

「私、志郎と離れたくない」

それは別れを意味していたから。ただ、その気持ちは彼も同じである。

「俺だってそうだ。けれど、お前はあらゆる悪人から狙われている。吸血鬼の血を飲んで不老不死になることを企《たくら》むアメリカ政財界のドン。純血であるお前を憎み滅ぼそうとする混血吸血鬼たち。お前の遺伝子を使って不死身の戦闘兵士を生み出そうとしている悪の秘密結社。今までは何とか撃退してきたが、危険な地を旅をしている俺たちが今後も護《まも》り切れるとは限らない。あの古城には、純血の吸血鬼のみが入れる棺《ひつぎ》があるらしい。あそこなら お前も安心して眠れる」

志郎はお得意の犬井千代《いぬいちよ》の理屈攻撃で認めさせようとした。だけど、彼女には通じない。当然か、それを説く本人が納得していないのだから。

「納得出来ないよな。俺もだ」

「……」

「俺はお前を失いたくないんだ。失って後悔もしたくない。……ごめん、こうなったのも全ては、お前を護れない俺の力不足のせいだ」

そして頭《こうべ》を垂れた。謝意と無力感から……。

「……志郎が言うなら、そうする」

結局、レジーナがそれを受け入れたのは志郎の本心に触れたからだった。彼を悲しませたくないという愛情からである。

「何百年と生きてきた中で、志郎は初めて好きになった人……。絶対に忘れない。絶対に……」

それは志郎も望んでいた願いである。彼はレジーナの小さな身体《からだ》を優しく引き寄せると、しっかりと抱き締めた。

「ああ、絶対だ」

別れの抱擁をする志郎とレジーナ。再会を誓い合う二人は、たとえ離れ離れになっても心は繋《つな》がり続けるだろう。

こうして、男女は互いの愛を確かめるように唇を重ねるのであった。

◇　◇　◇　◇　◇

「はぁ……。レジーナ……」

話し終えた後も、志郎は彼女のことを追想していた。

「まぁ、出会いと別れはこんな感じだった。かなり端折《はしょ》っちまったが、全部話そうとすると明日になっちまう」

一方、黙って聞いていた真璃《まり》はというと……とてつもない怒り顔を晒《さら》している。他の女との馴《な》れ初《そ》めを聞かされたからか？　それとも接吻のことまで聞かされたからか？……否。

「サイッテー……。何でそんなに大切にしていたのに彼女のことを忘れていたのよ！」

志郎の非情ぶりに嫌悪感を覚えていたのだ。

「仕方ないだろう。宇宙人に記憶を消されてたんだから」

「怪しい。おじさんがちょっと言っただけで、すぐ思い出してたじゃない」

「封印されていた記憶なんて、ちょっとした切っ掛けで蘇《よみがえ》るものだ。お前だって久兵衛《きゆうべえ》に言われてお漏らしのことを思い出しただろう」

「うっ」

そう言い返されれば、とても責めることは出来ず。

「いや、レジーナの話は止《や》めよう。自分の中で消化したい」

「……うん」

レジーナの物語はここで閉幕となった。そして案の定、聴客の心に影を落とした。

「志郎……」

「うん？」

「レジーナのこと……大切だよね？」

そう問う真璃の声は沈んでいた。

一方、志郎もその心境は察している。ハッキリとこう答えた。

「ああ、お前と同じくらいにな」

「……」

「愛情とは分ければ減るものなのか？　他の女を愛していると、お前への分は減ってしまうようなものなのか？　愛情は物理的なものじゃない。俺は百ある愛情を皆に等しく百向けている」

　次いで彼女の手を優しく摑み、抱き寄せた。

「真璃、自信をもて。お前には、直《なお》にもレジーナにもないお前だけの魅力がある。何があろうと、お前への愛は不変だ」

「うぅ～、小説みたいな臭い台詞《せりふ》吐いて……」

「嫌いか？」

「ううん、だーい好き♡」

　そして文学少女もまた、まるでラノベのヒロインのように彼の胸に身を預けるのだった。

……序《つい》でに、彼女はこんな質問も。

「因《ちな》みに、私だけの魅力って何？」

「え？……ええっと……それは……ですね」

　その問いには志郎……即答……出来ず。それが真璃の顔を見る見る不機嫌にさせていった。早く答えねば危うい。

「あ、愛情を言葉に表すのは難しい。譬《たと》えるなら、お前はハンバーグみたいな女だ」

「ハンバーグ!?　それ褒めてるの？」

「当たり前だろう。皆の大好物だぞ」

「それじゃ他の二人は？」

「そうだなー。直はショートケーキ、レジーナは紅茶かな。三人ともそれぞれ魅力があって、比べられるものじゃないってことさ」

「ショートケーキに紅茶!? 二人とも上品そうなのに、何で私だけハンバーグなのよ!」

「ハンバーグは美味《おい》しいよ～……」

「納得いかなーい!」

そこに扉をノックする音が! 更に聞こえてきた「ちょっといい?」という掛け声は真璃の母、円《まどか》のもの。

彼女が返事を待たずに扉を開けると、そこには…………慌てて神面を付けた真璃と、その真璃に突き飛ばされてでんぐり返しの逆さま状態の志郎の姿が。しかし、円は意に介さず質問する。

「お取り込み中、失礼するわね。志郎くん、今夜ウチで夕食食べていくでしょう?」

「いいんですか? すみません、お気遣い頂いて」

逆さまのまま礼を言う志郎。坂崎《さかざき》家の時もそうであったが、この場合、遠慮する方が失礼になる。しかも、その献立はというと……。

「今夜はハンバーグだからね」

実に奇遇だった。「大好物です」と満面の笑みで喜ぶ志郎を他所《よそ》に、真璃はただただ引き攣《つ》った笑みを浮かべるしかなかった。

海からのそよ風が気持ちいい今日この頃。翌日の神面島は実に心地のいい晴天だった。

ただ、これまでと違うのはその暑さ。今までの激しい猛暑は鳴りを潜め、不思議と程よい気温になっていたのだ。

「おいっす」

「おいっす」

志郎が訪問の挨拶をすると、兵次《へいじ》もまた全く同じ挨拶をする。

この日、彼は再び兵次の家に遊びに来ていた。田舎らしく勝手に彼の部屋まで赴くと、兵次も作業を続けながら歓迎してくれる。

「ウチに来るのはいいけどよ。たまに直たちがお前を捜してるのを見掛けるぞ」

「ショートケーキは好きだが、そればかり食ってると腹がもたれる」

「確かに」

女たちと甘ったるい時間を過ごすのもいいが、時には渋い茶も飲みたくなるものだ。

「それより今日は涼しいな。三十℃に届かないぐらいじゃないか？」

腰を下ろす志郎は、南国とは思えない快適さに驚いていた。

「ああ、『竜神さまの水浴び』が過ぎたからな。あの大雨が降ると島全体が冷やされたように涼しくなるんだよ。例年、東京より五℃ほど低くなってるはずだ」

「へー、流石《さすが》、天を司《つかさど》る神さまだ。世界中が熱波で滅んでも、この島だけは大丈夫そうだな」

それで、兵次は今回何をしているのかと言うと……、

「それ、ロボットか？」

自慢のオモチャの一つ、ロボットのプラモデルを組み立てていた。志郎も男の子。興味津々にその様子を観覧すると、兵次も自慢げにその作りかけのロボットを見せてくれた。

「アニメ『機動騎士ゴウラムV』に出てくる敵方の量産マシン、ザルツMk-Ⅷだ。最近作ってなかったから久しぶりにと思ってな」

小さな部品にヤスリがけをしながら答える兵次。ロボットはある程度形になっているものの、彼の手元には未《いま》だ百を超える部品が転がっている。完成にはまだまだ遠そうだ。志郎も地道な作業は苦手である。

「プラモ作りは俺には向かないな。けど、そのロボットのデザインはいいな。俺好みだ」

深緑メインのカラーリングに丸みを帯びたどっしりとしたその姿形は、地味ながらも頑健さを感じさせる。世界中の険しい秘境を回った志郎好みのデザインだ。

「中々見る目があるじゃないか。因みに、こっちが主人公機のヴァンガードゴウラムだ」

対して、兵次が新たに出してくれたロボットは、それはそれは……、

「これまた派手だね～」

派手やかだった。スタイリッシュな体型に、白を基調としたカラフルなカラーリング。頭には何本も角があり、背中にも何枚も羽がある。銃や大砲などの武装もたくさん。実にヒロイックなデザインだった。志郎《しろう》の心をも揺さぶる。……別の意味でだが。

「恐ろしいデザインだ」

彼はそれはまた嫌そうな表情でぼやいた。

「恐ろしいか？　まぁ、好みは人ぞれぞれだけど、コイツはシリーズ屈指の人気機体だぞ。このプラモも即日完売したぐらいだ。乗ってる主人公はロボットアニメらしく不殺を貫く紳士だし」

「小中学生が好きそうなデザインなのは分かる。俺もオモチャ会社の社長だったらこれでGOサインを出す。けど、昔こんな感じのロボットに乗ったことがあるんだよ。それでメチャクチャ苦労してさ……。だから苦手意識があるんだ」

「乗ったって……ゲームでか？」

「いや、実物のヤツ。昔、テキサスで宇宙人と暮らしててさ。しばらくしてその宇宙人を迎えに宇宙船がやってきたんだけど、その時ちょいとした事故、というか騒ぎがあって、俺も宇宙船に乗り込んじゃったんだよ。で、気づいた時には地球から遥《はる》か遠くの銀河にいたわけ」

「……え？」

「宇宙人たちの方も驚いててさ。今から宇宙船を地球に向かわせるのは無理だから、一人用の脱出ポッドで帰ってくれって言われて、それじゃ仕方ないなってことでのんびり地球への旅を始めたんだ。そしたら、途中で別の宇宙人と遭遇して攫《さら》われたんだよ。それで、その宇宙人『ミューレニア』は星間戦争中で、俺はその従軍を強いられたんだ。そういうわけで、そこの戦闘ロボットに乗ったんだよ」

「……マジ？」

「マジ、マジ」

「で、そのロボットの何が嫌だったんだ？」

「そうだなー……。ちょっと嘘《うそ》も交ぜるけどいいか？」

「まぁ……」

「これは『テキサス・エイリアン・ロデオ』の取材の後、宇宙へ行ってしまった話だ」

◇　◇　◇　◇　◇

一年前――。

前田《まえだ》志郎は広大な、広大な、広大な、広大な宇宙にいた。一面真っ暗。上も下も右も左も前も後ろも暗黒が広がっている。その中を進む軍艦の大艦隊。その中の一隻に彼は乗艦していたのだ。

巨大な巡航艦の格納庫に立ち並ぶ、全高十八メートルの巨大人型ロボットの群れ。グレーカラーの洗練されたデザインのロボット『M《エム》・ディン』が並ぶ中、一機だけ色も形状も違う一際目立つ機体があった。

形式番号PQ303L－D、通称『L《エル》・デ・ライン』。白を基調としたスタイリッシュなボディに、勇ましさを表すかのような角と鋭利な翼を背負ったヒロイックなデザインの機体だ。ミューレニア軍の象徴的なマシンで、正にロボットアニメに出てくる主役機のようである。

それに一人の女性が向かっていた。人間離れした青い長髪を靡《なび》かせ、エルフのような尖《とが》った耳をし、全身を覆う薄いタイツのような宇宙服を着ている若い少女。彼女は無重力を利用して空を飛ぶようにL・デ・ラインの胸部のコックピットに取り付くと、その中を覗《のぞ》く。

すると、そこには同じ宇宙服を着た志郎がいた。彼がこのL・デ・ラインのパイロットなのである。

「志郎、貴様、何故《なぜ》作戦会議に来ない！」

対面早々説教をする少女。

「何だ、アクセリオか。いいだろう、俺がいなくても」

片や、彼女をそう呼んだ志郎も我関せずの態度で、座席にハンドクリーナーを掛けていた。この時、十五歳。

「良いわけないだろう。貴様が戦場で勝手な振る舞いをすれば、味方を危機に晒《さら》すことになるのだぞ」

「参加したところで、俺の質問すら取り上げてくれやしないじゃないか」

「当たり前だろう。貴様は男なのだから」

アクセリオ、至極当然という表情で答える。志郎はそれが不満だった。

「お前らミューレニアが女だけの国家で、男だけの国家ベルトレンを奴隷として長年使役してきたのは知っている。それで、そのベルトレンが反乱を起こして今回の戦争になったことも理解している」

「そうだ。愚かな男どもが愚からしく私たちに反抗してきたのだ。大人しく女に従っていればいいものを」

「お前たちの世界での男女の関係性に、俺は意見する気はないし興味もない。ただ、俺まで虐げることはないだろう。一人用ポッドで航行中の俺をベルトレンと間違えて捕縛したのは分かるけど、遺伝子調査して地球人という違う生き物だってことも分かったんだろう？　お前たちの文化は尊重するが、俺のことも尊重して欲しい」

「私たちと対等に扱えというのか？」

「少しぐらい話を聞いてくれたっていいだろうってことさ」

「そういう感情的なところが男の駄目なところなのだ。それより、何をしている？」

「うん？　見て分かるだろう。掃除機掛けてるんだよ」

「何故？」

「さっきの戦闘中、チョコバー食ってたら食べカスがコックピット中に広がっちゃってさ」

「はぁ!?　貴様、戦闘中に菓子を食べていたのか？」

「腹が減ったら戦は出来ぬって諺《ことわざ》があるだろう？」

「ない。そんなもの」

「あ、ミューレニアにはないのか……。まぁ、それはともかく、俺を捕虜にした上にこのL・デ・ラインに乗せて戦わせるなんて人権侵害だろう。捕虜虐待だ」

「男に人権などあるわけないだろう。それに戦争に勝った暁には地球とやらに帰してやると言っている。それだけでもありがたく思え」

アクセリオは腰に手を当てながら呆《あき》れたように言った。

これがミューレニアである。女性のみで構成された惑星国家で、基本的に地球人類とそっくりだが、誰もが美形なのと、青や赤、緑など地球人にはない髪の色、それにエルフのような尖った耳が特徴の宇宙人である。男のみの惑星国家ベルトレンを従えてきたため、男に対して恐ろしく傲慢なのだ。

ただ、このアクセリオの場合は傲慢な理由が他にもあった。

「流石、王女様。その温かいご慈悲に感謝致します」

「うむ。分かれば宜《よろ》しい」

そう、彼女は王女なのだ。そのため悪意を受けたことがないからか、志郎のその皮肉にも鈍感だった。

このような女社会で、男は志郎ただ一人。普通ならストレスでおかしくなってしまうだろうが、そこは志郎である。これまでの経験のお陰で見事に順応していた。ただ、今の彼にとって差別より重大な問題があった。

「それはそうと、コイツの整備の順番いつになったら来るんだよ？　左右の翼のエンジン出力がバラバラなんだけど」

志郎はL・デ・ラインを指しながら訴えた。毎度毎度、彼の機体の整備は後回しなのである。これも男だからかと思った志郎であったが、実はもっと単純なことだった。

「試作機だからな。部品がないのだ」

「なにぃ!?　ないって、この艦にか？」

「いや、存在そのものが。この間の整備で使い切ってしまった。試作機の部品なんて追加生産しないからな」

つまり、整備しようがないのである。

「ってことは……ずっとこのままか？　この前の戦闘じゃ、味方のM・ディンが速過ぎて付いていけなかったんだぞ」

「それは元々M・ディンの方が性能が上だったからだろう」

「え？　M・ディンって、L・デ・ラインの量産機だよな？　なのに、あの地味な量産型の方が上なのか？　アニメだと試作機の方が強いのに」

「アニメじゃないんだから……。そもそも試作機を作ってみて出てきた問題点を修正したのが、正式採用の量産機なんだぞ」

「L・デ・ラインには立派な角があるけど、M・ディンにはないよ？」

「新式の頭部内蔵型送受信機を搭載したからな。L・デ・ラインのは古いから頭からアンテナを伸ばさないといけない上に、性能も悪い」

「L・デ・ラインには大きな翼があるけど、M・ディンにはないよ？」

「新式の姿勢制御バーニアを採用したからな。燃費も良くなったし、あんな大きな翼、整備が面倒で非効率だ」

「L・デ・ラインは白いけど、M・ディンはグレーだよ？」

「試作機は試験で分かり易《やす》いよう明るい色にするからな。実戦向けは目立たないように暗くするものだ」

「それじゃ、L・デ・ラインに良いところなんてないじゃねぇか！」

「それがある。L・デ・ラインは見た目が派手だから、戦争の英雄として宣伝に使えるわけだ」

「宣伝？」

「戦争をするには金が掛かる。その金を稼ぐために、アニメを作ったりオモチャを販売したりするのだ。見た目だけは良いL・デ・ラインのな」

「何と！……でもさ、それならわざわざ戦場に出す必要はないんじゃないか？」

「馬鹿者。キチンと戦場で戦ってこその英雄だろう」

「なら、もっと良いパイロットを乗せればいいだろう。ミューレニアのさ」

「馬鹿者。こんな弱い機体に女を乗せるなんて危ないだろう」

「ひっでぇ……。そんなに虐げると向こうに寝返るかもしれないぞ」

「馬鹿者。機体に遠隔からの自爆装置が付いているに決まっている」

「……」

志郎はもう文句も言えなかった。あの破天荒な父親から離れても理不尽な災難からは逃れられない。これが己の運命なのかと、志郎は激しく呪うのであった。

それに、改めて選択肢を示されても答えは変わらなかっただろう。

「けど、まぁ、こんな目に遭ってもミューレニアとベルトレン、どちらに付きたいかって訊《き》かれたら、男だけのところより美女ばかりのミューレニアを選んじゃうだろうな」

　思春期真っ盛りの男の子は、性欲には敵《かな》わなかったのだ。

「分かっているではないか」

「それに地球には独自の倫理観があってな。男が女を殺すのはいかなる理由があっても悪いこととされているんだ。漫画でも、正義のヒーローはたとえ悪人でも女に暴力を振るってはならない。だから苦肉の策として、女対女とか非暴力で屈服させるとか、男が手を上げない方法を取らされるんだ。そういうわけで、俺がベルトレン側に付いたら女が乗るミューレニアのロボットには攻撃出来なくなるわけ」

「ほう、地球人は素晴らしい倫理観の持ち主だな」

「その他にも俺の故郷日本では、電車には女性専用車両があるし、離婚すれば十中八九女が親権を取れるし、産休育休も実質女専用の制度と化している。会社での管理職の大多数を男が占めているのも、女に不必要な負担を掛けないためなのさ」

「いい国だな。感心する」

「というわけで、地球は素晴らしい星だから帰して欲しい」

「戦争が終わればな」

「……この戦争、もう百年は続いてるんだろう」

　東京に帰りたがっていた志郎《しろう》は、奇《く》しくも遠い宇宙の果てで骨を埋めることになるのか。

されど、そういう負の感情を引き摺《ず》らないのが彼の魅力の一つである。用事が済むと、何事もなかったかのように掃除に戻った。……が、アクセリオの方はまだ用があるよう。

「うん？　まだ何かあるのか？　アクセリオ」

「あ、その……」

　ただ、その件になると何やら煮え切らない態度になった。目まで逸《そ》らし、先ほどまでの威圧感も引っ込んでしまっている。それでも、志郎は顔色を変えずただただ待ち続けた。

　だから、彼女も意を決して続きを口にする。

「先の戦闘の時、私のM・ディンが撃墜されそうになったのをフォローしてくれただろう？」

「……」

「あの時……その」

「……」

「その……よくやったわ」

　顔を紅《あか》くさせながら。それは女国家の王女が口に出来る精一杯の感謝だった。

　志郎もその意味を分かっていたから微笑《ほほえ》みながら突っ込む。

「そこは『ありがとう』だろう？」

「お、男なんかに礼を言うわけないだろう！」

ただ、その冗談がアクセリオの心を和らげた。彼女をコックピット席に座らせると、志郎は彼女の足元に座って話の続きに耳を傾ける。

「もうすぐ女王の継承者を選ぶ時期が訪れる。従属惑星を含め、一千億人の臣民の頂点に立つ者を五十五人の王女の中から選ぶんだ。私もその候補の一人よ」

「そういえばお前らは女しかいないから、摘出した遺伝子を掛け合わせて人工子宮で生み出されるんだったな。姉妹も多くなるか」

「正直言って、私の目はかなり薄い。もし、選ばれたとしても立派な女王になれる自信もない。けど、もしなれたら…………貴様に支えて欲しい」

それはアクセリオが初めて明かす弱音だった。

「志郎がいてくれたら、私……。私は……頑張れると思うから」

そして願い事である。今まで命令しかしてこなかった彼女が、初めて本心を露《あらわ》にして志郎に救いを求めていた。

そこまで切羽詰っているのか？　否、それほどまでに志郎を信頼しているのだ。男でありながら気さくに接してくる彼に心地好《よ》さを覚え、命を救ってくれた彼に頼もしさを感じていた。

アクセリオが志郎の肩に手を置くと、彼もその手を優しく摑《つか》む。

「たまには可愛《かわい》らしいことを言うじゃないか」

「ば、馬鹿者。茶化すな」

照れを隠すように顔を背けるアクセリオ。そんな初々しい王女に、従者もまた本心から
こう誓う。

「ああ、喜んで手伝うよ」

「……ありがとう」

彼女がやっと言えたお礼は、短くも懇《ねんご》ろなものだった。

ただ、それには一つ問題がある。大きな問題が。

「因《ちな》みに、王位継承者が決まるのはいつになるんだ？」

「百年後だ」

「はぁ!? 俺、死んでるわ！」

ミューレニアの寿命はとてつもなく長かったのだ。

「ああ、お前は寿命が短いんだったな。大丈夫、我が国の延命処理を受ければあと千年は
生きられる」

「俺、地球に帰りたいんだけど。死ぬまでにもう一度レジーナに会いたいし」

「レジーナ？」

「お前と真逆で、優しくて、素直で、胸の小さな女の子だ。絶対忘れられないよ」

「っ！」

突然の話題にアクセリオは言葉を失ってしまった。あろうことか、下層の立場である男が大国の王女である自分の前で他の女への恋慕の情を見せているのだ。しかも、自分がその女に後れを取っているかのような言い草である。あまりの不敬ぶりに、彼女は怒ることすら出来ず呆然《ぼうぜん》としてしまった。

だが、志郎はフォローも欠かせない。

「ただ、お前と似てるところもある。彼女を見ていると見捨てられない気持ちになるんだ。あと可愛いところも」

「ぐぬぬぬ……」

尤《もっと》も、それがフォローになっていなかったのは、彼の若さゆえの過ちか。他の女と比肩する評価で王女が納得するはずがなかったのだ。

誰にでも壁なく接する志郎と、絶対的な階級社会で生きてきたアクセリオの価値観の違いはあまりにも大きい。王女の嫉妬は宇宙よりも深かった。

その上、志郎の爆弾発言は留《とど》まることを知らない。

「さてと、そろそろ提督のところに行かないと」

「え？　提督って、この三百隻の大艦隊を指揮するシャルミリアお姉様のこと？」

「そう、夜な夜な彼女の自室に呼び出されてマッサージをさせられてるんだよ。俺、尻を揉《も》むの上手《うま》いからさ」

「っ！」

「冷酷非情の戦争人で、ベルトレンから『アビラ星系の魔女』と恐れられているシャルミリアちゃんが、ベッドの上では子猫のように可愛くなるんだから人は見た目によらないよなー。……あ、今のは秘密だったんだ。それじゃ、行ってくるわ」

そして、彼は悠々と行ってしまったのだった。

それを見送るアクセリオは、ただただ瞠目《どうもく》するのみ。折角、恥を忍んで下郎に想《おも》いを打ち明けたというのに、この仕打ち……。彼女の中にあった淡い乙女心は弾《はじ》け、残ったのはプライドを潰されたことによって湧き上がった怒りだけ。

「やっぱり、男って最低……！」

結局、偉そうなことを言っていた王女様も感情に振り回されるのであった。

その後、志郎が地球へ帰ることになった時にレジーナの記憶を消されたのは言うまでもない。

◇　◇　◇　◇　◇

「というわけで、こういう如何《いか》にも格好つけているロボットは苦手なんだよ」

そう辟易《へきえき》しながら、志郎は昔話を締めた。

片や、多感な時期の友人はというと……、

「……で、マッサージは？　その後のマッサージの話を聞きたいんだけど！」

そちらの内容の方が気になって仕方がなかった。志郎もその気持ちは分かる。されど、

彼は首を横に振るだけ。

「すまない。『機動騎士L・デ・ライン』は夕方放送の全年齢向けアニメなのだ」

ただ、志郎はそんな経験をしたにも拘《かか》わらず、未《いま》だ気づいていないことがあった。

それは、この神面島がミューレニアに勝るとも劣らない女性社会であるということ。

第五話　狩人たちの夜

夕方。開店前のスナック夢のキッチンでは、素顔の大夢《ひろむ》が料理をしていた。元々料理は出来たが、自分から何かを作るのは珍しい。それをやってきた母の弥八《やや》が不思議がる。

「どうしたの？　自分から夕食の用意をするなんて」

「ちょっと、志郎へのお裾分けをね。アイツ、今一人でしょう？　男だし、夕飯に困ってるだろうと思って」

「ああ、点数稼ぎね。いいんじゃない？　女子力アピール。そういえば、坂崎《さかざき》さんちと宇《う》喜多《きた》さんちも志郎くんを夕飯に招待したらしいわよ」

「なにぃ!?　やっぱり直《なお》も真璃《まり》も志郎を狙っていたか……。こうしちゃいられない！」

そして、彼女は出来上がった料理を保存容器に詰めると、神面を付けて出掛けた。

昼と夜の境目のような紫の空の下で、ウキウキと歩く一人の乙女。持参する料理さえあれば、もう志郎のハートをゲットしたも同然と思っているのだ。

「『竜神さまの水浴び』が終わったから天気も良いわねー。正に交際日和」

やがて前田《まえだ》家に着くと、堂々とその想い人の名を叫ぶ。

「志郎ー！　志郎いるー!?」

田舎らしく玄関の戸を勝手に開けて呼んだ。……が、彼の返事はなし。……いや、聞こえた。

「おう、こっちだー！」

ただ、それは外からだった。それに誘われるように外から家の裏側に回ってみると、志《し》郎《ろう》はその庭先にいた。しかも、七輪で秋刀魚《さんま》を焼いている最中だ。

「何してるの!?」

「見ての通り、夕飯の支度をしてるんだよ」

思わず訊《き》いてしまった大夢に、何故《なぜ》そんなことを訊くのかと驚きながら答える志郎。尤も、大夢としては料理が出来ずに困っている彼を手料理で救うというシナリオで来たつもりだったので、その反応は当然でもあった。

「この七輪、元々この家にあったものでさ。父さんもいないから丁度いいと思ってさ」

「それで秋刀魚ぁ？　季節外れでしょう」

「いいんだよ。食いたくなったんだから。それでお前の用は？」

「え？　ああ、お裾分けをと思ってね」

我に返った大夢が保存容器を入れた紙袋を差し出した。こうなっては今更意味もないだろうと内心消沈していた彼女だったが、志郎はありがたく受け取る。

「おお、サンキュー。これだけじゃ物足りないと思ってたんだ。そうだ、お礼に一匹食べていくか？」

「え？」

ということで、大夢も七輪を囲むことになった。

野外にて二人の男女がイスに腰掛け囲む中、網上の二匹の秋刀魚が表面をこんがりときつね色にさせていく。脂も滲《にじ》み出てきて実に美味《うま》そうだ。話の流れでご馳走《ちそう》になることになった大夢も、その出来栄えに喉を鳴らしてしまう。

「いい匂い……。志郎って料理も出来るの？」

「まぁ、簡単なものはな。けど、一人のときは面倒臭くて適当だよ」

「ああ、分かるー。私も滅多に自分から料理はしないねー。大根おろしはどこ？」

「ないよ」

「ない？　秋刀魚に大根おろしは必須でしょう。用意してよー」

「え～、仕方ないなぁ」

そう愚痴るも腰を上げる家主。これまで散々島の人たちから接待を受けた身である。今度は自分の番だ。

やがて秋刀魚が焼き上がると、彼は皿に移して彼女に手渡した。勿論《もちろん》、用意した大根おろしを添えて。

大夢、箸でその身を穿《ほじ》り、一口パクリ……。すると桃色神面の頬が緩んだ。

「はぁ～、美味《おい》しい～♡」

「な？　旬じゃなくても秋刀魚は美味い」

志郎も醤油《しょうゆ》を掛けて味わっている。

「ねぇ、折角だからもっと何か焼こうよ」

「うーん……。そうだ、昨日、真璃んちから野菜の土産を貰《もら》ったんだよな。ナスとか長ネギとか焼いてみる？」

「いいねー！　早速用意してよ。あとお酒も！」

「ええ!?　未成年の飲酒は祭りのときだけだろう？」

「誰もそんなこと守っちゃいないよ。神面島民の肝臓は、遺伝子的に一般国民より百倍丈夫だから問題ないって」

「嘘臭《うそくさ》いなぁ……」

と、言いつつも、ここはやはり客の要望に応えるべきか。真璃と直よりは酒に強そうだし。

こうして、二人は露天酒盛りを始めるのであった。

奏でられる虫の鳴き声に、身体《からだ》を宥《なだ》める心地のいい涼風。空も完全に暗くなり、煌《きらめ》く星々が広がっていた。実に壮観で、実に美しい。志郎も何度見ても感嘆してしまう。

「はぁ〜、いいところだな〜」

「こうやって野外で飲むのもいいよねー」

大夢も缶ビールを片手に見慣れたはずの島の自然を満喫していた。

「しかし、志郎も随分この島に馴《な》れたよねー。初めの頃と比べて滅茶苦茶《めちゃくちゃ》打ち解けたって感じ？」

「定住する気になったからな」

「え？　そうなの？　ただささ、その中でも私とが一番気が合わない？　ノリが似てるって感じでさ」

「あー、そういえばそうかもな」

「そうそう。志郎ってコミュ力あるけど、自分を貫いてるんだよねー。自由人って感じ。そういうところ好きだなー」

「それは光栄だね」

「定住するってことは、ここで家庭をもってことだよね？　もし結婚相手を探してるのなら、私がなろうか？」

大夢のその提案の仕方は、見事なまでに気さくで自然だった。雑談の中に交ぜた、さり気なくも大胆なアピールである。その内心は激しく緊張していたが、それをおくびにも出さなかったのは年長者としての矜持《きょうじ》によるものか。

一方、志郎はというと……、

「いやいや、気が早過ぎるだろう。それに、気が合うと言っても結婚の相性がいいとは限らないからな」

これまたさり気なく回避してみせた。

「えー、楽しい結婚生活になると思うんだけどなー」

「いや、お前相手だと絶対尻に敷かれる。それは御免だな」

笑って冗談で収めようとする志郎。真璃や直の影をチラつかせず平穏に拒めたのも、そのコミュ力のお陰か。

「えー、敷かないってー。……いや、やっぱその自信はないかも」

大夢もここは笑いながら素直に引いた。彼女にとっても、これは挨拶代わりのジャブのようなもの。徐々に攻めるつもりだ。

「あ、ナス焼いてるうちにお裾分け食べてみるか」

志郎もその話題はお仕舞いとばかりに、紙袋から保存容器を取り出した。数は三つ。その中身は……。

「ウインナー炒《いた》め、イカの塩辛、ゴーヤチップス……。これって夕飯と言うより酒の肴《さかな》じゃねーか！　お前、本当飲兵衛《のんべえ》だな」

「にゃははは、でも美味しいからいいじゃん」

確かに、彼女言う通りそれらは美味しかった。志郎も一度口にすると箸が止まらなくなってしまう。

「ね？　美味しいでしょう？」

「大夢の腕がいいことは、前にご馳走になったオムライスで知っているよ」

「ありがと」

相手の褒め言葉は、料理した者にとって何よりの幸せである。そして、同じ皿の料理を食べ合うことも女にとって幸福だ。大夢は今、人生で初めてときめきを味わっていた。

七輪から漏れる炎の灯《あか》りに照らされながら、星空を眺める少年少女。

「こんな風に二人でゆっくり過ごすのもいいね」

完全に二人だけの世界になったことを確かめるかのように大夢は言った。

「そうだな」

「ねぇ、何か話を聞かせてよ。世界中を回っていた時の話をさ」

「えー……。最近、そういう話ばかりしてて草臥《くたび》れてんだ。今日は大夢の話を聞かせてくれ」

「私の？　私なんて驚くような話題は何も……。ずっとこの島にいたんだし」

「普通の話でいいさ。俺が来る前の出来事とか」

「そうだなー。……それじゃ、あの話をしようかな。聞かれたくないんだけど、どうせいつか誰かの口から漏れちゃうだろうし」

「何？」

「私の名前に関する話。大夢って書いて『ひろむ』って読むけど、どちらかと言うと読み辛《づら》いよね？」

「まぁ、今になってはキラキラネームと言うほどではないけど、今時感はあるな」

「けれど元々は別の読み方があったの。もっと酷《ひど》い、正にキラキラな読み方が」

「あれ？　『スナック夢』から取ったんじゃなかったっけ？」

「あれは後付け。……実はね、ウチのママが私を出産する時、お目出度《めでた》いからって宝くじを買ったのよ。それで、一等が当たるようにって願掛けのつもりで私の名前を付けたわけ。……ドリームジャンボって」

「…………………マジ？」

大夢、コクリと頷《うなず》く。

「つまり……本多《ほんだ》ドリームジャンボ!?」

大夢、コクリと頷く。

本当のようだ。すると、志郎は一旦間を置くと……、

「アハハハハハハハハハハハハハハハ！」

大笑いした。腹を抱えての大笑いだ。世界中で様々な名前に触れてきた彼でも耐えられなかったのだ。それに対して大夢も渋い神面を晒《さら》していたが、そこまで怒ってはいない。当然の反応だと思っていたから。それどころか、気を遣わず素直に笑ってくれた方がありがたかった。

「でしょう？　酷過ぎるよね？　お祖父《じい》ちゃんとお祖母《ばあ》ちゃんもそう思ってくれて、ママ

を説得して読み方だけは変えてくれたわけ」

「ハハハハハハ。いやー、ドリームジャンボは恐れ入ったな。けど、それを知ると『ひろむ』読みが素晴らしく思えてくるよ」

「本当、危うく地獄人生を歩むところだったよ」

「そういえばお前のお母さん、神面を付けてたな」

「ああ、ママは未婚で私を産んだからね。父親が誰かは私も知らない」

「へー、俺と同じだな」

「志郎もお母さんのこと知らないんだ。私もママに何度か訊いたことあるんだけど、やっぱり教えてくれなくてね。小学校高学年の頃に、内地から来た人だってことだけは教えてもらったの。旅行か仕事かでこの島に来た人を夜這《よば》いしたんだって」

「夜這い？」

「結婚願望はなかったみたいだから、島外から血を入れておきたかったんだろうね。まぁ、私も父親とは一生会うことはないだろうなー。子供の頃は気になってたけど、今となってはどうでもいいし」

「成る程なー」

志郎は相槌《あいづち》を打ちながら焼けた長ネギを皿に載せ大夢《ひろむ》に手渡した。彼女もそれを食すと、先のお礼のように褒め言葉を返す。

「あー、美味しい。良い焼け具合。志郎《しろう》もバーベキューのセンスあるんじゃない？」

「世界中を回っていた時、ちょくちょく野宿していたからな。こういうこともよくやった」

「何か、ご馳走になっちゃったねー。そうだ、明日ウチに来てよ。今日のお礼をするからさ」

「スナックか？……そうだなー」

そう誘われ、志郎はふと恋人たちのことを思い浮かべた。……が、

「ＯＫ、父さんもまだ帰ってこなそうだし」

思い浮かべただけで、特にどうも思わなかった。見知った友人のただの誘いである。

「よし決まり。それじゃ、もっと飲もうー！」

「え？　明日も飲むんだろ？」

「いいから、いいから。ほら」

大夢から新しい缶ビールを渡されると、彼も断れず。

「仕方がないな……。そうだ。因《ちな》みにその宝くじは当たったのか？」

「うん、五億ね」

「五億!?」

「そのお金でスナックを新しくしたんだよねー」

「つまり、ドリームジャンボの命名は上手《うま》くいったわけか。すっごいなぁ……。普通に驚く話題じゃないか」

その後も二人の酒盛りは終わることを知らなかった。話しては笑い、話しては笑い……。お喋《しゃべ》り好きな大夢もこんなに楽しい歓談は初めてである。それは友達としてではなく、初めて女として人と接していたからか。

そして、彼女は改めて志郎に惚《ほ》れていた。ただ二人っきりで楽しいお喋りをしていただけである。それだけだが、それだけで十分だったのだ。漫画のような劇的な出来事などなかったし、必要もない。この歓談で彼の素晴らしさと相性を感じ取り、愛するに適格だと思えたのだ。これがリアルな恋慕なのだろう。

その時の大夢は、名前の通り大きな夢の中にいる心地だった。


翌日の学校の休み時間。次の授業は体育のため生徒たちが更衣室に移動を始める中、直《なお》が志郎に声を掛ける。

「ねぇ、おじさんっていつ帰ってくるの？」

「まだ分からないな。まぁ、そろそろだと思う」

「内地と行き来している『おがさわら丸』って、明日父島に入港だったよね。ってことは

「明日かな？」

内地と小笠原《おがさわら》諸島を繋《つな》ぐ客船おがさわら丸は、凡《およ》そ週一回の割合で往復している。又衛《またえ》門《もん》の帰りはある程度予想出来た。

「そうだな……そうかもな。それが？」

「ううん、別に……。それじゃ、今日遊びに行ってもいい？」

「あかん」

志郎、拒否。即答過ぎて、彼女の神面は目が点になってしまった。

「え？　何で？」

「予定が入っている。じゃあな」

そして、彼はそそくさと更衣室へ行ってしまった。大夢と二人っきりで飲むのは問題ないと今も思っているが、それを彼女に知らせるのは面倒事になるとも思ったのだ。

一方、彼を見送る直もその態度に引っ掛かってしまった。だが、それよりも大きな問題がある。序《ついで》に、離れたところで聞き耳を立てていた真璃《まり》もそれに気づいていた。

志郎と二人っきりで夜を過ごせるチャンスは、もう僅かだということに。


そして、その僅かなチャンスを手に入れたのが、恋人たちではなく大夢だった。

その日の夜。スナック夢の扉には『臨時休業』の札が掛けられていた。店主の弥八《やや》が可愛《かわい》い娘のために気を利かせたのである。

「うぅ……。今日こそゲットしないと他の女に先を越される」

カウンター席にて精神統一をする素顔の大夢。人生が懸かっているのだ。彼女にとって大学受験に挑むようなものである。

「大丈夫よ。どんな男も落とせるって。だって私の娘だもの」

対面でグラスを拭いている弥八も気休めの言葉を掛けた。しかし、大夢はそんな楽観視は出来ない。

「内地の凡人ならそうだろうけど、志郎は経験豊かだからなー。せめて、この美しい素顔を見せられれば虜《とりこ》に出来るのに……」

自惚《うぬぼ》れの強いところがよく似ている母娘である。それはさておき、弥八も策がないわけではない。

「うーん……。それじゃ、アレ使ってみる？」

「アレ？」

彼女が棚の奥から取り出したのは掌《てのひら》サイズの小瓶。中には透明の液体が入っている。

「大夢も『桃源郷』って知ってるでしょう？」

「神面島百不思議の一つで、山に自生している桃のことだよね？　大人しか食べちゃいけないとか……」

「そう。でも、大人しか食べちゃいけないのは、それには強烈な性欲増強効果があるからなの」

「おお！」

「これはその桃源郷の果汁を詰めたもの。志郎くんの飲み物にこれを入れれば、大夢のことを求めるに間違いなし。一回ヤったらもうこっちのものよ。男なんて単純だから、責任取ろうと向こうから求婚してくるわ」

「成る程。それはいい」

かなり倫理的に引っ掛かりそうな策であるが、一般的な倫理観など内地に合わせたルールでしかない。長らく外界と遮断され、子孫を残さなければ滅びるこの島において無用の長物だ。狙った男は何としても手に入れるべし。それがこの島の女『色女』たちの正しい倫理観である。大夢もノリノリでその武器を受け取った。

「ただ、強烈だから混ぜる量は一、二滴で十分よ」

「OK～」

「それじゃ、私はもう休むからあとはご自由にね」

「ありがとう、ママ。やっぱ頼れるわ」

準備は整った。武器もある。自信も湧いた。あとは獲物が掛かるのを待つだけ。大夢は一人になったスナックにて二度深呼吸すると、神面を付けた。

そして、しばらくすると…………………やってきた。

「いらっしゃい！」

扉が開く音に反応し、大夢は笑顔の神面を向けた。そこにいたのは待ちに待った男、前《ま》田《え》志《だ》郎……と、

「……文《ふみ》!?」

金光《かなみつ》文だ。何故《なぜ》か、神面を付けた彼女も同行していた。そのことを志郎が説明する。

「ここに来る途中、オッパイが大きな子が歩いているなーって眺めていたら文ちゃんだったもんで、誘ったんだ」

これは今回の飲み会に対する彼の保険だった。後に真璃と直にバレても、文もいたことにすれば二人っきりで飲んでいたことより言い訳が出来ると思ったのである。それに、単純に彼女とも話してみたかった。

一方、文も彼の言葉に小さく頷いている。気の弱い娘である。恐らく彼に促されるがままここに来てしまったのだろう。だが、彼女が志郎に惚れているのも事実であり、困惑している神面を晒しているが内心は喜んでもいよう。

「ぐぬぬぬ」

予想外のライバルの登場に、大夢の神面は渋い表情を晒してしまった。以前、文に手を

貸すと約束してしまった手前、追い返すことも出来ず。こんな大事な場面で島一番の巨乳と勝負せざるを得なくなってしまった。

こうして三人は右に大夢、左に文、中央に志郎という形でカウンターに腰掛けた。

取り敢えず酒盛り開始である。

「まずは乾杯といきましょう」

大夢が音頭を取り、最初はビールで乾杯。

「どう？　志郎。昨日の野外も良かったけど、こういう大人な場所で飲むのも格別でしょう？」

「そうだなー」

「大人な気分にもなっちゃうよね？」

「そうだなー」

大夢、早速さり気ないボディタッチをして彼にアピールした。突然のライバル登場であったが、彼女に焦りはない。何故なら、文には気弱いという大きな弱点があったから。

実際、大夢と志郎が喋っている一方で、文はチビチビ一人で飲んでいるだけ。自分から話し掛ける勇気がない彼女は、積極的な女ばかりのこの島では珍しく完全な受けなのである。

だが、女たちの都合など志郎には関係ない。

「文ちゃんは酒強い方なの？」

　彼は構わず文に話を振っていた。現地に溶け込むよう仕込まれた志郎は、相手が奥手だろうがガンガン話し掛けるのだ。

「え？　あ、いや……滅多には……。たまに飲むぐらいで」

「そりゃそうか。大夢《ひろむ》が飲み過ぎだよな。普段は何してるの？」

「まぁ、家事手伝いとか……」

「高校卒業してからは暇で仕方ないだろう」

「うん、何もない島だからね。けど、自分には合ってるかな。私、奥手だから東京に出るのは怖いし」

「ハハハ、確かに文ちゃんが東京に出たら、悪い男に引っ掛かりそうだよな」

「そ、そんなに頼りない？」

「頼りないし、そんなデカイオッパイをしてたら速攻狙われるぞ。文ちゃんはこののどかな島で過ごすのがいい」

「うぅ……。けど、そもそも神面を外す予定が全くないからなー」

「そんな立派なオッパイをしてるのに相手が見つからないのか？」

「関係ないでしょう。ってか、オッパイ、オッパイ言わないでよ。セクハラだって」

「何て言えばいいんだよ。オッパイはオッパイだろう」

文が紅《あか》くなった神面で抗議するも適当にあしらわれる始末。このように彼女と全く逆の性格の志郎《しろう》であったが、不思議と文に嫌悪感はなかった。それどころか、初めて男子と親しく(?)話せていることに快感すら覚えていた。

そして、それは大夢に危機感を思い出させる。志郎が文にばかり話し掛けるのは彼女との歓談が初めてであり、大夢とは昨夜散々話したからであるが、当然大夢は承知出来なかった。流れを取り戻すべく更なるアピールを試みる。

「ちょっと、二人だけで話さないでよー」

大夢は志郎の右腕に腕を絡ませると、更にそれに胸を押し付けた。オタク相手なら効果抜群だが……、

「別に仲間外れにしてるわけじゃないぞ」

志郎は特に反応を示さなかった。

この男、肝が据わっている――!?

流石《さすが》、世界中を回っていただけあって一筋縄ではいかないか。大夢は少し落胆してしまったが、一方でその肝っ玉ぶりも好いてしまった。

片や、志郎はというと別のオッパイのことばかり気にしている。

「けど、マジでそのオッパイでモテないの?」

「うん、まぁ……」

そのオッパイ連呼に、文も遂《つい》に諦めて受け入れてしまう。そこに大夢が志郎に補足を。

「この島、同年代の男が少ないっていうのもあるんだけど、基本的に女の方が立場が上だからねー。男側も女に対してアピールし辛《づら》いのよ」

「島主が代々女だから？」

「それもあるけど、隔絶した孤島だったから女がたくさんいないと絶滅しかねなかったのよ。極端な例を挙げると、島民が男百人と女一人の場合と、男一人と女百人の場合だったら、どちらが繁栄すると思う？」

「成る程なー」

「そんな感じで、子供を産める女の方が男より価値があるわけ。危険な仕事は男にやらせたり、飢饉《ききん》が訪れた時は男が我慢して女に食わせたり……。差別とかじゃなくて種としての生き残る術《すべ》ね。動物の群れがしているようなアレよ。そういうわけで、この島は女が支配層で男が被支配層になったの。だから、結婚相手とかも女の意思が尊重され易《やす》くて、異性へのアプローチも女からするのが主流になった感じ」

「女が選ぶ側、男が選ばれる側ってことか」

「まぁ、あくまで風潮ね。勿論《もちろん》、気が弱くても普通に結婚している女の人は多いし、自分からアプローチする男の人もちゃんといるし……。だけど、文の場合は異性と話すことすら出来ないでいたからさー。ちょっと重度なのよ」

男が告白する側、女がされる側の風潮の強い内地とは逆である。故に、文の男性苦手が深刻化したのかもしれない。彼女自身もそれに苦しんでいる。

「それは困ったねー」

志郎も同情を示した。

そして、

「取り敢えず、次の酒いこうか」

空になったグラスを振った。スナックというところは愚痴の吐き捨て場なのだ。悩みを解決してやる必要はない。酒を飲んで愚痴れば、いずれスッキリするのだ。

そして案の定、酒を飲むにつれ文の口は軽くなっていった。

「私だって男が嫌いってわけじゃないのよ？　けどさ、私の胸が大きくなるにつれ、男たちの見る目がいやらしくなってきてさ……」

ほどよく酔いが回って気も大きくなってきたのか、焼酎をチビチビ呷《あお》りながらぼやいている。

「それだけデカイと気になるなって方が無理だ。これは宿命だな」

「はぁ～、嫌な宿命～」

「まぁ、いずれ神面を外せるさ。そのデカイオッパイがあれば」

「サイテーな男……」

志郎の最低な慰めに、文は最低な返答をした。ただ、そもそも彼女は男を作りたいから男性苦手を克服したいわけではなかった。大夢もそのことを思い出す。

「というか、文が男性苦手を克服したいのって、スランプで小説が書けなくなっているからだよね？」

「ちょっと、言わないでよー」

それは文が最も隠したいことだった。されど、常に話題を望まれているこの島で隠し事など不可能に近い。志郎も新しい話題に食いついてしまう。

「小説ってどんな？」

「いや、ただの趣味で……」

「何てタイトル？」

「ちょっと変わったタイトルで……」

「何？」

「う……」

彼に引く気なし。酔いのせいか、彼女も仕方ないと観念した。

「……（ボソ）」

「うん？」

「……『島流し仮面令嬢の復讐《ふくしゅう》立身伝　～富も身分も失った私ですけど、才覚のみで成り上がってみせますわ〜』」

それはそれは小声で自信なさげに明かした。目を逸《そ》らし、神面も紅くなっている。自信をもって書いてはいるが、リアルで明かすのは気弱な彼女にとってあまりにも恥ずかしかった。何せ、自分の欲とコンプレックスをたっぷり詰め込んだ作品だったから。

「もしかして、島流しにされて富みも身分も失った仮面の令嬢が、才覚のみで成り上がる話？」

「そう」

「すっげぇー、当たった……。俺、エスパーになったのかも」

「序《ついで》に異世界転生要素も入ってる」

志郎の冗談に、文は諦めた表情で答えた。自分の秘密を赤裸々に明かした以上、もう恥も外聞もない。

「何であらすじみたいなタイトルなの？」

「今みたいに読者がエスパーになれるからよ」

「あー、名を捨てて実《じつ》を取るとは正にこのことだな。けど、直木賞とか受賞したら、テレビでそのタイトルが読まれるんだよ？　恥ずかしくない？」

「大丈夫、受賞しないから」

「因《ちな》みに、その話ってこの島がモデル？　島流しにされた仮面令嬢は、孤島に暮らす神面少女である自分？」

「うん、神面を付けさせられて内地にも行けない侘《わび》しい人生……。その鬱憤を晴らすために書いたのが切っ掛け。ＷＥＢに載せていて、運良くそこそこ読まれてる。……だけど、最近続きが書けなくて」

「何で？」

「……実は、次の話は王太子とのベッドシーンなんだけど、そういうこと経験したことないから全然筆が乗らなくて」

「それで男性苦手を克服したいと」

志郎も大夢も合点がいった。確かに、趣味でエロシーンを書くためという理由なら、気弱な文《ふみ》でなくても明かしたくはないだろう。

それでも志郎は決して見下したりはしない。

「そういうことなら俺は喜んで協力するよ」

「そう言うと思った」

寧《むし》ろ大歓迎という彼の態度に、ある意味予想通りの反応だと文は呆《あき》れ笑いをした。

一方で、志郎にはもう一つ引っ掛かった言葉があった。

「異世界転生か……。俺も昔、異世界に行ったなー」

これまた彼が何気なく明かしたとんでもない過去。毎度のことながら、とても信じられるものではなかった。神の棲《す》む神面島の島民ですらそう思ってしまう。

「え？　本当!?」

「本当、本当。突然、地球でないどこかへ行ってビックリしたよ。まぁ、無事に帰ってこられて良かったけどさ」

大夢の怪訝《けげん》な問いにいつもの如《ごと》く頷《うなず》く志郎。正直なところ、これまでの彼のネタの中でも最も現実味のない話である。宇宙人よりもだ。だが、意外な人物がそれに食いついてきた。

「それ、異世界転移ってヤツ!?　凄《すご》い！　ねぇ、ねぇ、詳しく聞かせて！」

文である。これまでと打って変わって志郎にせがんだ。

「冒険した!?　チート貰《もら》った!?　ハーレム築いた!?　ステータスはカンストしてて、敵は雑魚ばかりで無双しまくった!?」

目の色が変わり、人見知りであることも忘れているかのよう。意識してのことではないだろうが、グイグイとデカイ胸を彼の腕に押し付けてもいた。

「何だ？　お前、そういう話が好きなのか？」

「オタクにとって大好物よ。たとえ男向けでも聞きたいな」

「そうか。冒険はしたぞ。……チートってのは？」

「他の人にはない、志郎だけがもっている特別な力よ」

「ああ、俺だけの特別な力ってのは向こうの世界に行って貰ったな。旅の仲間のうち、女の子は一人だったからハーレムはなかったけど。それと、敵は皆強敵だったぞ。苦労したなー」

「何？　その特別な力って？　自分だけ超古代魔法が使えたりとか？　『死ね』って口にしただけで敵を倒せるとか？　それとも指先一つでダウンさ～、とか!?」

「何だそれ……。俺が貰った力はこれだ」

　すると、志郎は財布から一枚のカードを取り出した。不思議な柄が描かれたカードだ。材質は紙でも金属でもなければプラスチックでもない。文字らしきものも書かれているが読むことも出来なかった。

「これを天に掲げて『いでよ、ウィンディーネ！』と叫ぶと、四頭身の巨大ロボットが現れるんだ」

「あ～～～～～～～。……そっち系？」

　思っていたのと違い虚を衝《つ》かれてしまった文。それでもオタクとして興味深いことに変わりはない。

「それ、今も呼び出せるの？」

「宇宙を漂流したとき駄目元で呼んだら出てきたから、今も呼べると思う。宇宙適性はBっぽかったけど」

「じゃあ呼んでみてよ」

「駄目、駄目。大きいし、島の皆に迷惑だろう。意思のあるロボットだから、意味もなく呼んだら本人にも怒られるし」

「それでどんなロボットなの？」

「水を司《つかさど》るロボットで水に関する技が使える」

「水？　そこは普通炎とかじゃないの？　主人公って言ったら炎じゃん」

「炎もあったけど、水が女性タイプのロボットだったから、そっちに。話し相手にするなら女の方がいいからな」

「志郎《しろう》らしいわ……」

「俺が行った異世界『ガルドランド』は邪悪生命体の侵攻を受けていて、それに対抗するために博士が勇者として俺を召還したんだ。そして、『そこに三体のロボットがいるじゃろう！』って『炎』、『草』、『水』の三つのタイプから選ばせてくれたんだよ。俺、相棒として選ぶなら女の子がいいから、『折角だから、俺はこの水のロボットを選ぶぜ！』ってことでそれにしたんだ」

「詳しく聞かせてよ」

「いいけど……滅茶苦茶《めちゃくちゃ》長いぞ」

「テレビアニメで言うと四クールぐらい？」

「よく分かったな!?　お前もエスパーか？　そうだなー……。ちょっと嘘《うそ》も交ぜるけどいいか？」

「何で嘘を交ぜるの？」

それは彼のいつもの前口上だったが、文が初めてそのことを問うた。勿論《もちろん》、理由はある。

「人に話すときはそう前置きしろって父さんに言われてるんだ。一般人は俺たちが経験したことを理解出来ないから、頭がおかしいって思われる可能性があるからだって。だから、嘘も交ぜるって言っておけば、理解出来ない連中は『ああ、これはただの冗談か』って勝手に処理してくれるんだそうだ」

「成る程〜」

「それじゃ始めるぞ。これは父さんの著作『イエティと過ごした最後の九日間』の取材のために、ヒマラヤへ向かった時の話だ」

◇　◇　◇　◇　◇

四年前——。
前田《まえだ》又衛門《またえもん》と志郎はヒマラヤにいた。しかも、真冬のヒマラヤだ。空は暗雲が覆い、猛吹雪が親子に襲い掛かっている。それでも二人はガイドのシェルパも付けずに黙々と山頂を目指して歩いていた。

「おーい、大丈夫か～!?」

又衛門は後ろから続く志郎にそう叫んだ。

「大丈夫じゃないよ～!」

猛吹雪の音で声が聞こえ辛《づら》い中、志郎も必死に返答する。

足場は切り立った崖の上、視界も二メートル先までしか見えない。二人とも一応完全防備だが、最悪の季節の中ではそれも気休めにしかならない。一面真っ白のそこは、正に極寒地獄だった。

「父さん、百歩譲ってヒマラヤに登るのは分かるけど、何でこんな真冬にしたの!?」

「そりゃ、空《す》いているからだ。世界一の山も今は儂《わし》らだけのものだぞ!」

そう答える又衛門は満面の笑みを浮かべていた。

「それに、お前の齢《とし》だと入山が認められないんだ。だが、登頂に成功すれば世界最年少記録達成だぞ。残念ながら非公式だがな!」

「そんな記録いらないよ!」

興味ないと訴える志郎はこの時、僅か十二歳。しかし、又衛門も無策というわけではない。

「なーに、心配するな。お前に護《まも》り神《がみ》を持たせてあるだろう」

「護り神って言っても……」

志郎が怪訝そうにポケットの中から取り出したのは、粘土で出来た小さな人形。ネパールの少数民族が代々伝えてきた護り神で、又衛門が五千ルピー（五千五百円）で買い取ったものだった。…………怪し過ぎる。

「全く信用出来ないんだけど！」

だが、志郎のその信心のなさが良くなかったのか、災いがやってきてしまう。

「うん？」

何やら吹雪のものとは違う轟音《ごうおん》が聞こえてきたのだ。

耳を澄ませてみると…………それは上からだ！

「雪崩だ！」

又衛門が指す先から迫ってくるのは、志郎が呼び寄せた雪の大群。それが真《ま》っ直《す》ぐ招いた元へと向かっていた。

「あわわわわわわわわ！　父さん、助けてぇぇ！」

助けを求める志郎。……が、その相手はというと、息子を他所《よそ》にとっとと岩陰に隠れていた。

「そんなぁ！　うわあああああああああああああああああああ！」

そして、志郎は一人雪崩に巻き込まれるのだった。

「志郎～！　諦めるな！　ヒマラヤ登頂最年少記録が待っているぞ！」

父のその励ましは当然聞こえるわけもなく、雪の中に埋もれた志郎は揉《も》みくちゃにされながら下へと落ちていく。

「うわああああああああ！」

暗黒の中、上も下も右も左も分からぬまままただただ回り続ける志郎。

すると突然、手に持っていた人形が輝き出した。

激しく、眩《まばゆ》く、彼を包み込むように。

そして消し去った。

……。

……。

……。

ただ、志郎は死んだわけではなかった。

意識を取り戻した彼はゆっくりと身を起こす。痛みはなく身体《からだ》に異常はないよう。

しかし、目の前の光景が異常だった。

雪中ではない。ヒマラヤですらない。天国とも思えない。そこは、まるで古代の神殿のような石造りの室内だったのだ。

「何だぁ？　ここは……」

虚を衝かれた状況に、彼はただ目を丸くするばかり。

すると、そこに一人の老人が近づいてきた。

彼は……。

……。

ええっと、彼は……その～～～。

あ――。

……。

…………何だっけ？

うーん、駄目だ。思い出せない。

◇　◇　◇　◇　◇

「うーん、駄目だ。思い出せない」

と、志郎は突然昔話を締め括《くく》ると、目の前のカウンターに伏せてしまった。酔いで頭が回らなかったから。

「えー、肝心の異世界に行ったところで終わり～？」

そう突っ込む文《ふみ》だったが、彼女もまた中々の酔いどれ具合である。伏した志郎の頬をちょんちょんと突《つつ》いている。飲み会が始まって一時間が経《た》ち、アルコールが脳に達してきたのだろう。

だから、志郎はこんな暴挙も……。

「文〜、こんだけオッパイがデカイと重くて大変だろう？」

「まぁね〜。ブラも選べるのが少ないから参っちゃう」

「何ならマッサージしてやろうか。俺、宇宙人にもマッサージが上手《うま》いって褒められたんだよ」

「そう？　それじゃお願い〜」

そして許可を得た彼は、何と左手を文の左脇下に潜《くぐ》らせ胸を後ろから鷲摑《わしづか》みにした。

「おお〜、これはまた揉み応えのあるオッパイだ。どう？　気持ちいい？」

「うん、気持ちいい〜♡」

「自分でするよりいいだろう？」

「うん、するよりいい〜♡」

「それじゃ、オジサンがいっぱい揉んであげるからね〜」

その上、服の中に手を潜り込ませ直接胸を揉み出す始末。それを受け入れている文もノリノリだ。

志郎、やりたい放題。というか、やり過ぎだ。

ただ、『現地の人とは仲良く』をモットーにしている彼がこんな蛮行に及んでしまっているのは、酔いによるものではなかった。例のアレの力である。

「すっごーい。文はただ酔ってるだけだけど、志郎の方は完全にストッパーが外れているわね」

二人のやり取りを見ていた大夢《ひろむ》は、密《ひそ》かに志郎の酒に混ぜていた桃源郷の効果に感心していた。流石《さすが》、百不思議の一つである。但し、その欲を大夢自身に向けてもらわなければ意味がない。

「ちょっと志郎、志郎。文ばかりじゃなくて私にもマッサージしてよー」

「おおっと、そりゃ失礼。紳士にあるまじき無配慮でした」

大夢が催促すると、志郎の右手も彼女のシャツのボタンを器用に外し、その胸を直に摑んだ。

「大夢のも揉み応えがあるなぁ～。左手で島一番のオッパイを揉み、右手で五億のオッパイを揉む……。はぁ～、ここは天国か？」

「桃源郷よ♡」

新しい酒を注ぎながら和む大夢。両手が塞がっている志郎のために、それを飲ませてやった。……ら、志郎も思いっきり顔を顰《しか》めてしまう。

「うっ、これエバークリアじゃねーか!?」

「よく知ってるわね」

エバークリアとはアメリカの酒で、アルコール度数は驚異の九五％！

「テキサスで同居していた☆◎◆♯＠って宇宙人の好物だったんだよ。高校生が飲むもんじゃないだろ……。うう～」

しかも、桃源郷の果汁入りの特製である。流石の彼も意識を保つのが辛くなってきた。

「そろそろ帰るわ……」

まだまだ揉み足りないが、志郎《しろう》の危機に対する直感が帰宅を促す。しかし、その足取りは覚束《おぼつか》ない。大夢が肩を貸してやっと歩けそうだった。

そして、それを招いた彼女も帰宅を止めようとはしなかった。

「ええ、送っていくわ」

この時彼女が浮かべた神面の笑みは、それはそれは邪悪なものであった。

その後、舞台は前田家の志郎の部屋へと移る。

布団の上に寝かされている酩酊《めいてい》状態の志郎を、大夢が両腰に手を当てながら見下ろしている。それはまるで仕留めた獲物を検分しているかのようだった。

「ふぅ～、重かった。けど、苦労すればするほど美味《おい》しく感じるってものよ」

ご馳走《ちそう》を前に食欲を掻《か》き立てられる色女。一方、隣には指を咥《くわ》えて待っている色女もいた。

「文、運ぶの手伝ってくれてありがとー。もう帰っていいよ」

「えー、大夢ばかりずるーい」

優れた遺伝子を欲する島の女としての本能が疼《うず》くのか、文もまた志郎を食べたくて仕方がなかった。

「え!? でも、いつもなら恥ずかしいって避ける事案じゃん」

「私だってエッチしたいよー。このチャンスを逃すと一生処女かもしれないし」

彼女らしくないこの積極性はやはり酒のせいだろう。

大夢もこれは誤算。志郎に惚《ほ》れたと聞いて一応手を貸す約束はしていたが、いざその時になればいつものように逃げ出すと思っていたのだ。約束した以上は仕方がないか。

「ムムム……。分かったわよ。但し、結婚するのは私だからね」

そして、二人掛かりで志郎を脱がしていくと……、

「「おお……」」

服の下に隠れていた逞《たくま》しい肉体が露《あらわ》になり、大夢と文に感嘆の声を上げさせた。

「本当、いい身体してるね～」

先ほどのお返しとばかりに彼の胸の筋肉を撫《な》でる大夢。己のふくよかな乳房とは違う

ガッシリとした胸板に、堪《たま》らず垂涎《すいぜん》してしまう。

そして、その視線は一番の目当てである性器へと向けられた。女を悦《よろこ》ばせるためだけにあるそれを前に、二つの神面の目は輝いている。

「はぁ、はぁ、はぁ……。堪んない……♡」

「海で見たときより、ずっと凄《すご》い♡」

息の荒い大夢に、感激の文。桃源郷によって逞しくなったそれは、色女たちを嘗《かつ》てないほど魅了していた。

次いで、二人も脱ぎ出す。

「うわー、大夢、いつもと違って色っぽいね」

大夢の大人びた下着を見て、文はつい服を脱ぐ手を止めてしまった。自分は普段と変わらぬ地味下着である。

「文は相変わらずだねー」

「こんなことになるなら、もうちょっと気を遣ってたよ。それに全部脱ぐんだからどうでもいいでしょ」

その通り。二人は下着姿もすぐにやめ、全裸へとなった。男の前で赤裸々に晒《さら》す乙女たちの素肌……。いや、正確には全裸ではなかったが。

文が唯一身に付けているそれを擦《さす》る。

「神面はやっぱりこのままだよね？」

「うーん、正直初めては素顔でやりたいところなんだよねー。……志郎もほとんど寝ちゃってるし、取っちゃおうか？」

「えっ!?　取っちゃう!?　……それはナシだよ。神さま怖いし」

「大丈夫だって。神さまも夜は寝てるよ」

「私はやめておく。でも、大夢が神さまの呪いで死んだときは、皆には別の言い訳を用意しておくから安心して」

「うっ、分かったわよ……。そうだ。正気に戻って逃げられるとマズイから縛っておこうか」

「えっ!?　縛っちゃう!?　……それはアリだね。縛ろう」

　こうして志郎の手足を縄で縛ると準備万端である。大夢は心躍らせながら彼の上に膝を立てて跨《また》がった。

　すると、そこで志郎が気を取り戻した。女たち、間一髪である。

「……え!?」

　目を覚ますと、目の前にいたのは全裸の仮面女。彼が驚き硬直してしまうのは当然であるし、手足が縛られていることにも気づけば危機感だって湧く。

「大丈夫よ、志郎。気持ち良くしてあげるだけだから」

「犯す気だね？　南米の刑務所でも犯されなかったのに！」

「女が男を犯して何故《なぜ》悪いか！　日本のアホ裁判官なら、勃起してるなら同意の上だって判断するわ。私のような美人が相手だったら特にね」

そして、大夢は志郎の性器を握る。

「女に恥を掻かせないの。百不思議の一つ『夜這《よば》い』は、れっきとした神面島の風習なんだから。男は決して拒んではいけないの」

「夜這い？……そういえば、前にも直《なお》に言われたことがあったな」

直が初めて志郎に夜這いしてきた時のことだ。その場限りの言い訳だと思っていたが、どうやらここでは平然と行われているらしい。絶海の孤島は女たちを肉食系女子にさせていたのだ。

命と等しく大事な場所を摑まれた彼は、ここに至って正直に説くことにする。

「いや、ぶっちゃけヤってもいいと思っているんだけど、あとあと人間関係に大きな亀裂が生じる可能性があるんだよね」

「はぁ？」

「ほら、俺ってモテるから真璃《まり》や直からもアプローチされててさ……。こんな形だと、きっと禍根を残すことになると思うんだよ」

神面外しを済ませていることを明かさずに説得を試みる志郎。彼としては真璃と直を同時に受け入れたように『来る者拒まず』の方針なので、大夢とヤることもやぶさかではない。しかし、もしそれを真璃たちに知られたらと思うと、恐ろしくて仕方なかったのだ。

だが、大夢の決意は変わらない。

「こういうのは早い者勝ちなのよ。ヤったら島中に言い触らしてやる」

「ちょ、ちょ、ちょ！　言い触らすのは困るって！」

「男の癖に往生際が悪い！」

彼女は桃源郷の小瓶を取り出すと、そのまま志郎の口に差し込んだ。ありったけの果汁を流し込む！

「んんんんんんん!?」

ドクドクドクドクと彼の体内を満たしていく禁忌の液体。母の言いつけを無視した乱用ぶりに、文《ふみ》が慌てて止める。

「ひ、大夢！　それって桃源郷でしょう!?　マズイって！」

「何でよ？」

「ほら、田中さんちは七人も子供を産んだのに、旦那さんが二十代で早死にしちゃったじゃん？　あれって、毎晩奥さんが桃源郷を飲ませていたからなんだよ。腹上死だって」

「げっ……」

「小瓶全部空けるなんて、心臓発作間違いなしだよ！」

そしてその証拠とばかりに、志郎は二度三度痙攣《けいれん》すると……再び気を失ってしまった。

静かに。

ピクリともしない。

死んでしまったかのように……。

興奮しっ放しだった女たちも、これには流石に血の気が引いていった。

「ど、ど、ど、どうしよう……！」

いつもの気弱さが甦《よみがえ》り取り乱す文。それを宥《なだ》めるのは事の大元凶。

「お、落ち着いて、文。大丈夫。夜のうちにこっそり久兵衛《きゅうべえ》を連れてきて、山で穴を掘らせて埋めちゃえば誰にも気づかれないわ。……いや、一層《いっそ》のこと久兵衛に食べてもらえば、死体は消えて何もかも丸く収まる！」

「な、何てこと言うのよ！」

「ってか、すっごい……。まだ元気だ」

大夢に自責の念は全くなかった。それどころか、未《いま》だに志郎の股間を見てゴクリと喉を鳴らしている始末。気を失おうとも、彼の性器は桃源郷によって凜々《りり》しく勃起したままだった。

「死体を始末する前に、一回ヤっておこうか？」

「屍姦《しかん》なんて完全に変態サイコ殺人鬼じゃん！」

おぞましいことまで言い出した大夢は、正に外界と隔絶された故に生まれてしまった孤島の負の権化か。

島の良心である文が、彼女がこれ以上人の道から外れないよう必死に押さえ込む。

「大夢《ひろむ》、気を確かに！」

「先っちょだけ！　先っちょだけでいいから！」

仮面の女たちが裸で揉《も》み合っているその光景は、エロティックを通り越して恐怖であった。

だが、二人はまだ気づいていない。それを遥《はる》かに超える恐怖が、すぐ傍《そば》までやってきていたことに。

そして、それに最初に気づいたのは文だった。

「先っちょだ…………あれ？」

突然、文の押さえる力が抜けたので、大夢は虚を衝《つ》かれてしまった。どうした？と、文を見れば彼女はあらぬ方を見ている。

窓である。志郎の部屋には掃き出し窓があるのだが、その外を見ていたのだ。そこにあるのは真っ暗で誰もいないはずの庭。

……否、

「え……？」

大夢の目にも映った。

おぞましい顔をした二人の女が……。

飛び出るほど引ん剝《む》いた目玉に、憤怒で歯を食い縛っている裂けた口。風に靡《なび》く長い髪がその身体《からだ》を覆って不気味さを醸し出している。

暗闇の中から突如現れたそれらは、正に悪霊そのものだった。

「ぎゃあああああああああああああああああああ！」

決して人が成せないその歪《いびつ》な顔に大夢は絶叫する。揉み合っていた文とそのまま抱き合い震え上がった。

されど、悪霊たちに容赦はない。そのまま部屋に上がってくると、二人に迫る。

「あわわわわわわわ……」

迫る。

「あわわわわわわわ……」

迫る。

「あわわわわわわわわ…………わ？」

迫る……と、大夢は気づく。

「直、真璃!?」

それは真璃と直だった。おぞましい顔は、神面が彼女たちの心境を赤裸々に映し出した結果。それを証するように、直は言葉でも憤怒を吐き出す。

「何やってんのよ！　アンタたち！」

いつもとは違う乱暴な言葉遣いに怖気《おじけ》づく年長者たち。更に真璃も。

「志郎《しろう》はね、もう私たちと神面外しを済ませてるのよ！」

「な、何だってー!?」

バラしてはいけないことをバラしてしまったが、バラさないと収まりがつかない。真璃と直が神面を外すと、素顔もまた憤怒に満ちていた。

熊だ。この二人は熊と同じだ。熊は捕らえた獲物を地面に埋めて隠す習性があり、それを奪われればどこまでも追い掛けて取り返すのだ。殺気を帯びて。

「グルルル！」

その威嚇は獣の如《ごと》し。本郷《ほんごう》熊ならぬ宇喜多《うきた》熊である。

「わ、分かったから。それじゃ、この四人で志郎を性奴隷にするってのはどう？　いい男なんだから皆で分かち合わないと」

「グルルルルル!!」

「ひぃ！」

大夢の阿呆《あほう》な妥協案も当然通じず。結局、大夢と文は慌てて服を着て前田家《まえだ》から逃げ出すのであった。

「全く……。油断も隙もありゃしない」

二人を見届けた直が安堵《あんど》の溜《た》め息《いき》を吐《つ》いた。尤《もつと》も、真璃と直は申し合わせて現れたのではない。偶然だったのだ。

「直こそ、何でここに来たの？」

「勿論《もちろん》、夜這いに」

「だと思った。油断も隙もありゃしない」

「よく言うわ。真璃だってそのつもりだったんでしょう？」

「私はあくまでスケベな直を止めに来ただけ」

「人のこと言えないくせに」

「何をー！」

いつもの言い合いを始める真璃・直コンビ。しかも、志郎の仲裁がないので収拾もままならない。……と、思いきや今回はすぐに収まった。二人ともアレが気になって仕方がなかったのだ。

乙女たちの視線は志郎と……その股間に。

「「……すっごい」」

この二人もまた、島生まれ島育ちの純粋な色女だった。ただ、気遣える女、直は志郎の異変にも気づいた。その傍に落ちている小瓶にも。

「これって桃源郷の小瓶!? 大夢の奴《やつ》、これ全部飲ませたの!?」

その効力と危険性も知っていた彼女は慌てて伏している志郎を窺《うかが》う。

「大丈夫!? 志郎！」

「うっ……」

「良かった。生きてる」

反応はある。

まだ生きていた。

……だが、安堵するには早かった。

「うう……うぅ……」

「志郎？」

「うう……うがああああああああああああああ！」

志郎、突然吼《ほ》え、突然暴れ出す！　手足を縛られているため大きな被害はないが、まな板の上の魚のように身体を何度も跳ね上がらせていた。白目を剥いて、涎《よだれ》を垂らす様は完全に正気を失っているよう。恋人とはいえその異様な悶《もだ》えぶりに、直も「ひゃあっ!?」と声を上げて後退《あとずさ》りしてしまった。

「な、な、な、何事!?」

恐怖のあまり、真璃も避難してきた直と抱き合ってしまう。その光景は、まるでホラー映画の一場面だ。

「志郎が一年半の時を越えてゾンビになっちゃったよー！」

真璃《まり》の言う通り、正にゾンビである。原因は勿論直《なお》が指摘したアレ。

「これは……桃源郷のせいで性欲が爆発しちゃってるのかも」

「スケベ志郎がドスケベ志郎になったってこと!?」

「エッチしないと収まらない……かな？」

「こんな志郎となんて嫌だぁ！　他に方法はないの？」

「若しくは、志郎がテキサスでやっていたように頭をかち割るか……」

「うっ……。うむ～」

二人に迫られた究極の選択。

真璃は悩んだ。

直も悩んだ。

悩んで、

悩んで、

悩んで、

悩んで、悩んだ挙句……苦渋の決断を下す。

「ここは神面外しをした縁を尊重しますか」

「……仕方ないか」

直、そして真璃はゆっくりと衣を解き始めた。

「それじゃ、初めては本家であらせられる真璃お嬢様からどうぞ」

「えっ!? いや、いやいやいや、ここは年長者であられる直お姉様からどうぞ」

嘗《かつ》ては初同衾《どうきん》の権利を争っていた彼女たちも、今の凶暴な志郎を見てしまえば慎《つつ》ましさを思い出してしまう。

譲り譲られ、結局、いつも一緒にいた従姉妹《いとこ》たちはここでも一緒に済ませることになった。

「うぅ……。まさか、告白がロマンチックな人ほど酷《ひど》い初体験をするって話が現実になるなんて」

直の戯言《たわごと》が現実となり、真璃の純真な夢は儚《はかな》く散る。

こうして二人の乙女は、想《おも》い人《びと》との初めての夜を迎えるのであった。

翌朝——。

出てきたばかりの朝陽《あさひ》が顔に差すと、志郎はゆっくりと目を覚ました。まだ寝惚《ねぼ》けてはいるものの目の焦点は合っている。正気に戻っていた。

ただ、顔を洗おうと身を起こそうとするも、それは敵《かな》わず。両腕が重石《おもし》が乗っているかのように動かなかったのだ。

「うん？……え？」

何故《なぜ》かと確かめてみれば、それは真璃と直だ。それぞれが両腕を枕にして添い寝していたのである。しかも、真っ裸で。

ドッキリには慣れているので無表情を貫いた志郎だったが、やはり心底驚いていた。何せ、スナックで飲んだ後の記憶が全くないのだから。相手が大夢や文《ふみ》ならまだ理解出来ようが……。これも神面島百不思議なのかと恐れ戦《おのの》くしかない。

やがて彼女らも目を覚ますと、甘ったるい声でこう言った。

「志郎、好き、好き、好き、好き、好き♡」

「昨夜はとても良かったよ。百倍好きになっちゃった♡」

己の胸を押しつけながら、愛《いと》おしそうに彼の身体を擦《さす》る真璃と直。その刺激が正気を失っていた彼の脳裏に、昨夜の情景をフラッシュバックさせた。四《よ》つん這《ば》いで艶美に尻を突き出す真璃と、志郎の上で淫靡《いんび》に腰を振る直の姿を……。

二人掛かりで慰めてくれた恋人たち。その献身に、志郎はただ感動するしかなかった。

「お前たち、何て良い女なんだ……」

三人で過ごした夢のような一夜。しかし、間違いなく現実である。その証拠に、嫉妬深い真璃もライバルと一緒に初体験を済ませたというのに談笑しているではないか。こんな風に。

「桃源郷って凄《すご》いねー。これから毎日飲ませようよ」

「志郎なら丈夫だから十年ぐらいは保《も》つかもね」

……訂正。やっぱりヤバイ女かも……――。

ただ、彼女らの方も自分の男のご機嫌取りは忘れていない。真璃はそのことを思い出して上半身を起こした。

「そうだ。陽も出てきちゃったし、早く出掛けようよ」

「出掛ける？　どこへ？」

志郎が露《あらわ》になっている真璃の尻を撫《な》でながら訊《き》くと、彼女はその手を叩《たた》きながらこう答えた。

「志郎だけに見せるご褒美よ」

早朝の澄み切った空の下、神面を付けた真璃、直に連れられて志郎は島を歩む。いつもと違う時間帯での散歩は、見慣れた景色から新しい魅力を見出《みいだ》させていた。

「早朝の散歩もたまにはいいもんだな」

地には朝露の付いた葉々。空にはたなびく朝雲。海からは澄んださざ波の音が聞こえる。初めて見る島の顔に志郎も満悦していた。

ただ、恋人たちが見せたかったのはこれではない。

一行が着いたのは先日海水浴をした砂浜だった。

「綺麗《きれい》なもんだ……」

感嘆する志郎の前には、朝陽が空と海を照らす幻想的な情景が広がっていた。内地ではとても見られないだろう。

しかし、恋人たちが見せたいものはこれでもなかった。彼女らは徐《おもむろ》に服を脱ぎ出すと、水着姿になる。今から海水浴をするというのだ。志郎も少し戸惑う。

「本当にこんな朝っぱらから泳ぐのか？　まだ皆寝てる時間だぞ」

「だからこそ、早朝なんだよ」

そう答える真璃は、何と神面まで外してしまった。「おいおい」と嗜《たしな》めようとする志郎だったが、直までも同じく外しながら説く。

「志郎、前に言っていたでしょう？　いつか、素顔での水着姿を見せてくれって。これが志郎へのご褒美」

　成る程、だから誰もいない早朝というわけか。健気《けなげ》な恋人たちではないか。ただ、慎重派の志郎《しろう》はやはり掟《おきて》のことが気になり、気遣える直もその心配事に気づいていた。

「大丈夫、大丈夫。本来の神面外しはもう済ませてあるんだから。誰かに見られても神さまからの罰はないって。今も神面を付けているのは完全に人間側の都合なんだからさ」

　彼女の言う通りか。もし、怒られるようなことになれば、志郎が責を負えばいい。それが二人の女を同時に愛する者の器量というものだろう。殺されはしないさ。……多分。

「ほら、志郎も脱いで脱いで。前は全然遊べなかったでしょう」

「……そうだな。少し羽目を外すか」

　そして、真璃に急《せ》かされるように彼もまた新調したばかりの水着姿になったのであった。

　砂浜を駆け、海に飛び込み、歓声を上げる。

　この美しい神面島の海も、今は三人だけのもの。

　不健全な遊びをしたことを拭うかのように、健全な遊びに励む。

　膝下まで浸《つ》かって水を掛け合っていると、その水飛沫《みずしぶき》が真璃の顔を輝かせて見せた。

「やっぱり素顔はいいいな」

「でしょう？　だから、恋人だけのものなのよ」

　誰もいない海で思う存分はしゃぐ少年少女たちは、あらゆる柵から解放されたようで

あった。

穏やかな海原で仰向《あおむ》けに浮かぶ三人。

モンゴルの大草原。アマゾンのジャングル。アラスカの山々。延々と広がる宇宙。そして、この神面島の青海原……。志郎はここでも大自然の雄大さに心を奮わせていた。それに身を任せていると、あらゆる悩みが消えていくようだ。

「俺、都会に行きたかったんじゃなかったのかもな」

「え？」

「こういう青春を味わいたかったんだ」

つい微笑《ほほえ》んでしまう恋人たち。彼女たちも外の世界への憧れをもっていたが、そんなものは既に消えている。二人ともこの島で大切なものを見つけたから。

「俺は色々なところへ行って、どこもとんでもないところばかりで、ここも例外じゃない。……けれど、この島だけは心地がいい。この恵まれた環境のお陰でもあるんだろうが、やっぱり一番はお前たちがいるからなんだ」

そして、志郎は本心をもってこう告げた。

「真璃、直、俺と出会ってくれてありがとう」

結局、常に騒動に巻き込まれていた彼が望んでいたのは、優しく包み込んでくれる安らぎだったのだ。

突然の告白に顔を見合わせる真璃と直。だが、返事を申し合わせる必要はない。二人もまた素顔が生み出す本物の笑顔で同じ言葉を返す。

「貴方《あなた》に出会えて良かった」

こうして、岸に佇《たたず》む人の神と山の神、空を舞う天の神が見守る中、三人はその絆《きずな》を確かめるように抱き合うのであった。


不自由だが、自由な島。

何もないが、何でもある島。

偽りの姿を剝がし、神《こころ》の面《かお》を晒《さら》す島。

そして、最高の相手を見つけられる島。

それが神面島。

幸せを決めるのは場所ではない。一緒にいてくれる人なのだ。

エピローグ

春、不思議な島で出会った三人の少年少女は、初めは仮面の付き合いをするも、やがて本心を晒け出して素顔でいられる関係になった。そして、この初夏には身体《からだ》まで交わり、その絆をより強固なものにした。今後、何が起ころうともそれが切れることはないだろう。志郎も、真璃《まり》も、直《なお》もそう確信している。

秘めやかな海水浴でたっぷりと羽を伸ばした志郎たちは、軽やかな足取りで家路に就いていた。

真璃も志郎とまた一つ一線を越えられたことで、その心はスッキリと晴れやかである。

但し、心配事はあった。

「しっかし、危なかったよねー、昨夜は。危うく夢姉と文姉に志郎を盗《と》られるところだった」

「まぁ、普通にありえることだったよね。人がいないここじゃ、いい男が見つかれば誰だって手を出したくなるものよ。真璃だってそうだったでしょう?」

「直もね」

直に自分を例に挙げられれば真璃も同意せざるを得なかった。同じ立場ゆえにそういう気持ちは理解出来る。だから、大夢《ひろむ》たちに対してももう怒ってなどいない。志郎をゲットした勝者の余裕というヤツである。

尤《もっと》も、その勝利によって新たなる問題も生まれていたのだが。

「ただ、夢姉たちに神面外しを済ませているって明かしちゃったのは拙《まず》かったよね……」

「ああでもしないと向こうも引かなかっただろうけど、お陰ですぐに島中に広まっちゃうだろうね……。その前にお祖母様《ばあさま》に報告しないと」

真璃と直の言う通りだろう。この島での噂《うわさ》の広まり具合は志郎もよく知っているし、島民たちに知られてから島主に報告するのは、まるで火消し作業のようで体裁が悪い。於稀《おき》からの印象も悪化するだろう。

「ということで、志郎。お祖母様への神面外しの報告、お願いね。私たちも同席するから」

他に選択肢はない。真璃の求めに志郎も頷《うなず》くしかなかった。

「こうなったら仕方ないな。いつにする？」

「勿論《もちろん》、今日よ」

「今日!?　挨拶の言葉を考える暇もないじゃないか」

尤も、これまで通りなら、臆病な志郎はズルズルと後回しにしていたかもしれない。背水の陣の方がいいいか。

また少女たちには他にも懸念事があった。今後も大夢のような者が現れないとも限らないので、それに対しての備えである。

「けど、まさかあの引っ込み思案な文姉《ふみ》まであんな大胆なことをするなんて……。これは注意しておかないと。志郎も気を付けてよね」

「え？」

ただ、真璃のその求めには志郎はまるで虚を衝《つ》かれたような返事をしていた。

「え？　じゃないでしょう。他の女のアプローチはキッパリ断ってよ」

「あー、まぁ……」

しかも、今度は歯切れの悪い返事ときた。これには恋人も神面を顰《しか》めさせてしまう。

「まさか、更に女を増やす気!?」

「その……お前も分かってると思うけど、俺って『来る者拒まず』がモットーだからさー」

「ああんっ!?」

吼《ほ》える真璃には、既に心の晴れやかさなど消え失《う》せていた。

「本当、ドスケベ志郎ね！　直〜。直からも何か言ってやってよ！」

片や、もう一人の恋人はというと……、

「うーん、志郎だからねー。そのモットーがあるからこそ、今の私たちがあるんじゃない？」

「直!?」

彼に理解を示していた。

「但し、昏睡《こんすい》レイプを企《たくら》むような人間が私たちと同じ立場になれるとは思えないなー」

いや、理解し尽くしている。あの母なる海のように彼の意思を受け入れていた。神面外しをした仲は伊達《だて》ではないということか。

「流石《さすが》は直。俺が愛しただけのことはある」

志郎も彼女の肩に手を回してその愛情に感謝した。納得いかないのは真璃だけか。

「その自分本位の考え方、おじさんにそっくりね」

「そう？　それじゃ、俺の正体は父さんのクローン説が有力になったな」

「バカ」

皮肉も綺麗《きれい》に返されれば、真璃はもう閉口するしかなかった。

それでも彼への愛情には一切の淀《よど》みがないのだから、神面外しは本当に愛し合った者同士でしか出来ないのだと思い知らされる。なら、ライバルが増えることもないかと安堵《あんど》出来たのが、彼女にとってせめてもの救いだった。

やがて港を通り掛かると、貨客船『神面丸』が着いているのが見えた。丁度、帰ってきた島民たちが下船しているところだ。その中には、ずっと留守にしていたあの男の姿も。

「あ、父さんだ」

「おう、志郎《しろう》」

父島からの船に乗ってやってきた父……。連絡なしの突然の帰島だったが、息子はいつものことだと特に不満を示さずに迎えた。彼の両隣の恋人たちも「おはようございます」とお淑《しと》やかに挨拶している。

「朝っぱらから美人連れとは、流石儂《わし》の息子だ。どうだ？　のびのび過ごせただろう？」

「まぁ、ストレスなく過ごせたよ。それより、どこに行ってたの？」

「お前をビックリさせるものを取りに行っていたんだ」

「あー。何か、とてもビックリするぞって言ってたっけ？　何？」

「これだ」

そう言うと、又衛門《またえもん》は手招きで呼び寄せた。彼の後ろに隠れていた鍔《つば》の広い帽子を被《かぶ》った少女を。

それに、真璃と直の神面がつい刮目《かつもく》してしまう。

真っ白い肌に、真っ白いツインテールの長髪に、真っ白いワンピース。身長は百五十センチ程度の小柄で、齢《とし》は真璃よりも若い十三歳ぐらいか。その均整の取れた美しさに、彼女たちは初め人形と見紛《みまが》ってしまった。

同じく志郎も目を見開いている。但し、彼女らと違う驚きによって。

そして、こう呼んだ。

「レジーナ」

その名は真璃を驚愕《きょうがく》させた。いや、驚愕などという生温《なまぬる》い言葉では言い表せない衝撃だった。彼女の白い神面が青白く変色していく。

「お前がこの島に定住すると言ったからな。これまでは危険な地を旅してきたから連れ回すのは難しかったが、この神々の島なら危険な目にも遭うまいて」

説明する又衛門。珍しく父が息子のために気を利かせてくれたのだ。ただ、親切心というよりも驚かせることが目的の愉快犯の面が大きいか。実際、サプライズ馴《な》れしている息子は、今激しく心を揺さぶられていた。

惹《ひ》かれるようにレジーナに寄る志郎。彼は込み上がってくる感情を抑えながら必死に口を動かす。

「変わらないな。別れた時のままだ」

冷静を装う少年。彼女を護《まも》る立場として虚勢を張っていたのだ。片や、少女の方は以前と変わらず無表情の美しい顔を見せてくれていた。

「志郎は大きくなった。でも、志郎だ。私が会いたかった大好きな大好きな志郎……」

そして、美しい顔のまま頬に涙を伝わらせた。

それが彼からも感涙を引き出させる。

レジーナを抱く志郎。

咄嗟《とつさ》に、乱暴に、力強く、彼女の帽子が零《こぼ》れ落ちるほどに。

志郎は目の前の小さな身体を抱き締め、レジーナは目の前の大きな身体に身を預ける。

二人は本心の趣《おもむ》くまま会えなかった三年分の抱擁を交わした。

その美しい光景を見つめているのは、すっかり蚊帳の外に置かれた恋人二人組。仲良く並んで神面の目を丸くさせている。

次いで、否応《いやおう》なく悟ってしまった。自分たちと同じ立場になれる新しい女の登場を。

先ほどまで余裕ぶっていた直も、いざその時が来ると神面を強張《こわば》らせていた。しかし、彼女はまだマシだ。真璃に至ってはレジーナがどういう人物かも、どういう離別だったかも知っている。その感涙の意味を苦しいほど理解出来ていた。

志郎とレジーナもそれを言葉にも表す。

「レジーナ、愛している。もう二度と手放したりはしない」

「私も、もう志郎から離れない」

その二人の愛の誓いはあまりにも尊く、あまりにも純真だった。純情少女の真璃には眩《まぶ》し過ぎるほどに。

そして、目が眩《くら》んだ彼女は…………倒れていった。

非情な現実。避けられない暗礁。新たなる美しい強敵の出現に、乙女の自信は脆《もろ》くも崩

れ去る。

想《おも》い人《びと》の抱擁を横目に、彼女は夢の中へ落ちていった。

これが夢であることを願って。

あとがき

こんにちは、北条《ほうじょう》新九郎《しんくろう》です。今回はかなり羽目を外した内容でしたが、如何《いかが》だったでしょうか。

一巻は新人賞向けだったため、起承転結を意識してラブコメ要素に重点を置きました。読者の目線を担う主人公志郎《しろう》にも、世界観を紹介するために大人しめでいてもらい、『ヤバイ島に一般人がやってきた』という形にして、皆様に受け入れやすい作品にまとめてみました。

そして、その反動というわけではありませんが、二巻では起承転結を意識せず好き勝手に書かせてもらいました。『ヤバイ島にもっとヤバイ奴《やつ》がやってきた』です。元々、こういうことをやりたかったのですが、このノリを一巻でやると流石《さすが》に情報が多過ぎて読み手に優しくないと思いましたので……。冒険ファンタジー作品からラブコメ編を抽出したという感じですね。前田《まえだ》志郎の奇妙な冒険、第〇部、神面島《かみつらじま》編ってところでしょうか。

それでは、今後とも北条新九郎を宜《よろ》しくお願い致します。

北条新九郎

OVERLAP

かみつら 2
〜島の禁忌を犯して恋をする、俺と彼女達の話〜

発　行　2023年12月25日　初版第一刷発行

著　者　北条新九郎
発行者　永田勝治
発行所　株式会社オーバーラップ
〒141-0031　東京都品川区西五反田 8-1-5
校正・DTP　株式会社鷗来堂
印刷・製本　大日本印刷株式会社

Printed in Japan　ISBN 978-4-8240-0655-4 C0193

オーバーラップ　カスタマーサポート
電話：03-6219-0850 ／受付時間 10:00〜18:00（土日祝日をのぞく）